Dirk von Petersdorff

Bekenntnisse und Postkarten

Gedichte

S. Fischer

Druck und Bindung: F. Spiegel Buch GmbH, Ulm
Printed in Germany 1999
ISBN 3-10-061003-2

Bekenntnisse

Als ich ein Kind war, da sah ich die Sendungen für Kinder und hörte: *1000 neue Sachen, die gibt es überall zu sehn.* Jetzt lese ich Baudelaire: *Alle Moden sind reizvoll.* Ich eröffne meine Bekenntnisse, ich blicke zurück auf 27 fette Jahre, 27 reiche Ernten, die meine Speicher füllten. Und ich eröffnete neue Speicherplätze, die beladen wurden. Und es ward erfüllt in der Fülle. Ich wiege 61,5 Kilogramm. (Ich schreibe hier auf, wie es in einer reichen Demokratie des Westens ist.) Ich glaubte an alles, 27 reiche Jahre, ich las, hörte, sah, schmeckte und rezipierte. Aber ich nehme nicht zu.

Als ich ein Kind war, ging ich am Mittwoch zum Turnen. Meine Mutter rief nach mir, ich sollte mich umziehen. Wir wohnten in einer Reihenhaussiedlung, ich fuhr Kett-Car vor den Häusern und um den Block herum. Da hielt ich vor meiner Mutter an, blickte zu ihr hoch und sagte: *Ich gehe nicht mehr zum Kinderturnen.* Stumm sah sie mich an, es war nach dem Mittag, die Straße lag still. Graues Band, vereinzelt parkende Autos. Von da an ging ich nicht mehr zum Turnen.

So war mein Herz, das nichts begründen konnte. *Kontingenz,* sagen die Philosophen. Und ich sage es auch. Später spielte ich Hockey und Fußball und lief durch die Wälder. (Bis zu einer Marathon-Bestzeit von 2 Stunden, 46 Minuten und 33 Sekunden. Das entspricht einem Kilometerschnitt von 3 Minuten und 57 Sekunden.) Ich sehe zurück. Ich lese in meinem Herzen: Moden, Metamorphosen, Lieblingssportarten. Das Leben überhaupt. Was willst du, gekitzeltes Herz?

Die Worte sind leicht geworden, Körner, die durch die Hände rieseln. Ich schöpfe aus dem vollen, und Körner fallen. Hoch oben in luftigen Speichern sitze ich, durch die Finger fließt es, Berge und Hügel, in denen ich sitze, in freien Höhen, rieselndes Korn. Die Firma *Uncle Ben's* warb für ihren Reis, der nicht klumpte wie andere Sorten, sondern leicht und locker durch die Gabel fiel. Das nannten sie GABELTEST. Eine Gabel fährt durch den Reis, wird gehoben, und im Aufschwung der Gabel fallen die weißen Körner einzeln. *Schwerelos,* murmle ich, ein Pneumatiker, fasse eine Handvoll Körner – schmeiß sie in die Ecke, daß es spritzt, steh auf und geh.

STOP MAKING SENSE! So begannen die 80er, unter der Erde sangen die Talking Heads: Stop making sense! Irrlichter schaukelten, Lichtpunkte kreisten, Laser zuckten zaubertoll: ELEKTRONISCHE WALPURGISNACHT. Da strömten Nebelschwaden, flackerndes Weiß, Schwaden verzogen, verflogen. Und neben mir stand eine Frau in Schwarz mit einem Mixgetränk und sprach von einem Mann in Heidelberg, der der einzige war, sprach laut und leise, denn in Wellen lief die Musik, voll Klang und Wut, daß Lichter zuckten, aufwärts schossen, rot. *Obsession,* sagte sie und meinte ihr Parfum. Die Spiegel beschlagen, blind. Die Musik schlug, krampfte: und löste sich. Kugeln klackten. 1982. Die Köpfe sangen: STOP MAKING SENSE!

Unruhig ist unser Herz, bis daß es ruht, es ruht, bis daß es ruht und schläft und schweigt. Und der Mund geht über, denn mein Herz stößt Bilder aus. Und glaubt an alles und hält nichts fest. Krampft, brennt: und löst sich, daß Worte fließen, durch die Speicher rieseln, daß der Drucker zu surren beginnt und die Worte fallen. (*Durch die Tenne der Sterb-*

lichen weht der Wind, sagte der Kritiker, er sprach mir aus dem Herzen.) Wer bringt es zum Schweigen? Aufgespannt im Innern flattert es, flügelgleich, schlägt, flattert. Und nun sucht dieses Herz. Hört meine Bekenntnisse!

Ich saß am Elbstrand, vor Hamburg, im Sand. Montag vormittag, ich war allein. Der Himmel grau, nicht hoch, nicht tief, und keine Wolken, endlos glatt und mittelgrau, Regenwahrscheinlichkeit 50 Prozent. Und blaßgrau floß die Elbe. Containerschiffe zogen dahin, Schiff an Schiff gereiht, mit festem Abstand, stiller Zug. Die Container lagen gestapelt, rostigbraun und andere leuchtend, blau und gelb, dann wieder schwarz, eine Reihe in Oliv und einer frisch gestrichen, rot. Reihen von Quadern, zogen sie träg dahin. Da saß ich und sah die Kette, den Kreis, denn bald kamen auch Schiffe vom Meer, und neue zogen fort aus der Stadt, endloser Fluß. Müde war ich, still folgte ich dem Fluß der Schiffe, der Kette der Containerschiffe, die lautlos sich bewegten, automatisch gesteuert. Manche trugen Zeichen, ein X und Zahlen und Reihen von Buchstaben, die ich nicht las. Unendliche Fahrt, aufgezogen zu einem Kreis. Ein Psalm von der Flüchtigkeit. Ich saß an einem Vormittag an der Elbe.

Schnitte: Eine Kette der Berührungen. Die Bilder ziehen vorüber: Ich in Tunesien. Ich als Nihilist. Ich mit einer Sektflasche auf den Stufen des Olympiazentrums in Kiel-Schilksee. Schnitte, und bei keinem halt ich an. Segeln im Juli, durch Felsenbuchten, Fjorde, flimmernde Seen. Du siehst über die Schulter und lachst. Ich sah die Liebe erkalten.

Schnitte und Berührungen. Adam und Gott, Finger an Finger. Die Kuppen der Zeigefinger berühren und verlieren sich. Zitternde Kuppen, in denen das Blut pocht, schwellende Fingerspitzen, die Haut spannt. Ein Schlag. Der verebbt, dann das Staunen. Michelangelos Adam ist nicht wehmütig, er versteht nicht.

Schnitte, ich halt nichts fest, denn unruhig ist mein Herz und lacht, schneidet, flimmert. Was hat mich berührt? Vorübergehend las ich Nietzsche, vorübergehend trug ich Schwarz, vorübergehend betete ich. Mein Bekenntnisfilm: Der Projektor surrt, wirft Schatten an die Wand: Gruppenbilder. Und ein Nachtgesicht, leuchtend im Schwarz. Dieses Kino verläßt keiner, diese Höhle ist mein Kopf. Schatten sehe ich vorüberziehen, alles da, alles vorüber. Weiter!

Ich habe Geschichte studiert. Päpste, Kartoffelpreise und lokale Unruhen. Flottenprogramme und Mentalitäten. Und das alles beisammen: Ich bin ein Sediment. (Und Anselm Kiefer sagt: *Ich bin auch ein Sediment. Ich bin etwa 2000 Jahre alt.*) Beladen steh ich da, mit den Männern der Geschichte: Ich sehe Hagen und Volker, den Fiedler, den gewaltigen Fiedler. Das war die Zeit der Völkerwanderung. Und ich sehe noch einmal das Turmzimmer in Erba. Bilder und Bilder von Bildern, ich sehe Kaiser Wilhelm bei der Eröffnung des Kaiser-Wilhelm-Kanals. Aber ist das symptomatisch? Beladen steh ich da, ich bin ein Magister, ein Mann ohne Konturen. Und die Erdmutter, die große Rezensentin, sie ruft mich an: *Junge, du bist ein Text, bring dich in Ordnung!* Ich habe Geschichte studiert, so manche Mitternacht, so manche schwarze Nacht: Parataktische Reiter galoppieren vorüber, Boden-Boden-Raketen pfeifen, meine Sinne: entzündet, ich sehe die Risikopiloten der Space-Force im Landeanflug, die Bilder flackern, flimmern, verlöschen. Studierzimmer, Mitternacht:

Da sitz ich und pfeife das Lied meiner Kindheit: *Tausend neue Sachen, die gibt es überall zu sehn.*

Alle Moden sind reizvoll. Aber alles Fleisch ist Gras. Ich habe keine Substanz, nichts hielt ich fest. Darum zog ich den ironischen Menschen an. Und ging dahin wie ein Strom, wie ein Schlaf, wie ein Gras, das am Morgen noch sproßt, das am Morgen blüht und sproßt und des Abends welkt und verdorrt. Versteht ihr? Ich kann alle Diskurse. Doch wenn der Wind weht, so bin ich nimmer da, und meine Stätte kenne ich nicht. (Ja, ich habe zuviel ferngesehen, die achtziger Jahre hindurch, ich sah Film auf Film, mein Essen aß ich während der Werbeblöcke, das bekam mir nicht.)

Einmal zeigte mir eine Frau eine Reihe von Selbstporträts. Sie hatte durch die Jahre immer wieder ihr Gesicht gemalt. Ich saß in ihrem winzigen Zimmer, nacktweiße Kalkwände, auf dem Bettrand und blätterte die Bilder um. Einmal war der Kopf im Licht, der Körper dunkel, auf einem gewölbten Stein, am Meer. Ein stilles Gesicht, ohne Wellen, Abend, letzter Schein. Und danach ein Sommerbild, sie lachte. Augenfeuer, und dann die Leere, die Haut über die Knochen gespannt, weiß. Und Pop-art, young and urban, der Hals glänzend geformt. Ich sah ihr Kindergesicht: dunkelnde Haut, von einer Kerze im Bildgrund erhellt; der Blick über die Schulter, ein Schattengesicht. Ich sah einen Gang in einem Museum, stiller Gang, ein Museum am Vormittag. Da ging sie und sah rechts und links die Gesichter und hörte nur ihre Schritte. Die Gesichter hingen auf einer Höhe, sie drehte den Kopf von rechts nach links. Da ging sie, war ruhig, ich sah ihr nach, in der Ferne verliefen der Gang, die Bilder, die Figur. Ich saß und hielt eine Mappe mit Gesichtern.

1. Ich habe manchmal ein Pochen oder deutliches Pulsieren in den Adern. 2. Ich habe Schwierigkeiten einzuschlafen oder durchzuschlafen. 3. Es kann Spaß machen, ein Tagebuch zu führen und sich über alles seine Gedanken zu machen. 4. Ich habe einen empfindlichen Magen. 5. Alles in allem bin ich doch häufiger allein, als ich eigentlich will. 6. Ich spüre mein Herz gelegentlich bis zum Halse herauf schlagen. 7. Bisweilen beschäftigen mich unnütze Gedanken, die mir immer wieder durch den Kopf gehen. 8. Es gibt eine Art Schicksal, das man nur schwer beeinflussen kann. 9. Ich bin manchmal etwas unzufrieden mit der Situation, in der ich lebe. 10. Manchmal beginnt mein Herz zu jagen oder zu stolpern und unregelmäßig zu schlagen.

Einmal stand ich in einem Museum vor einer Packung mit Schaschlikstäben. Es war Sonntag vormittag, ein Wintersonntag, an dem bis zum Mittag der Verkehr still ist, die Kälte ruht und der Rauhreif auf den Straßen liegenbleibt. Ich war mit einer Freundin in die Kunsthalle gegangen, in einem weißen Raum hing diese Packung mit Schaschlikstäben. 100 Holzstäbchen, sie waren in einer Plastikhülle verpackt, die oben mit einem Kartonstück verschlossen war. Und daneben hing ein weißes Blatt Papier, auf dem in Maschinenschrift die Worte geschrieben waren:

So, wie sie aufrecht standen, eins gleich wie das andere,
schien es, als ob ein und dasselbe sich vermehrt
und mit vervielfachter Körperlichkeit ins Dasein getreten wär,
und mit einem Mal gewahrte man, daß man sich
selbst betrachtete, wie man davorstand,
als wär man noch und nochmals da.

Da standen wir stumm, zwei Menschen in Betrachtung von 100 Schaschlikstäben. Das ist keine Erfindung, danach gingen wir frühstücken und lachten, aber die Worte klangen noch: *Als wär man noch und nochmals da.*

Als wär man ein tönendes Erz oder eine klingende Schelle. Oder überhaupt nur ein Resonanzbereich. Wie soll ich ruhig werden? Einer, der nachts am Klavier phantasiert, seine Saiten schwingen hört, ferne Töne, leises Rufen. Einer, der Schwierigkeiten hat, einzuschlafen, weil die Töne eindringen, weil sein Leib klingt, summt, psalmodiert und leise strömt, weil die Fasern schwingen, schwirren und die Zunge flattert, daß eine Musik wird in konzentrischen Ringen und alles umarmt, da die Kreise sich weiten und neue Ringe entstehen aus einem Zentrum, das vibriert und schlägt, schlägt, dann leise murmelt, plätschernd sich ergießt und spielt und niemals ruht und Saiten, Fasern, Zungen anschlägt, daß die Töne steigen, daß ein Schwall mich fortreißt, ein Gurgeln und Rauschen, in dem ich umspült bin, überschwemmt, bis die Musik fällt, zurückläuft und verrinnt, dahingeht, so wie die Gezeiten wechseln unter dem Mond.

Bis zu diesem Punkt ist hinreichend deutlich geworden, daß mir sowohl das Fundament fehlt als auch der Überbau. Ich bin keine Figur in einer großen Geschichte, in der ich eine Rolle hätte, ein Textbuch, eine Fahne, ein Kostüm und Farbe im Gesicht. Auch ich selbst bin keine Geschichte. Denn die Psychologie ist tot, und der Existentialismus ist auch tot. Geblieben sind: Atemtherapie, Urschrei, Rebirthing. Es liegt mir fern, diese Situation nach dem Zusammenbruch großer Sinnkonstruktionen zu heroisieren. Sisyphos war bekanntlich ein Schwachkopf.

Die Geschichten sind zu Ende, die Figuren gehen umher, unsicher, mit staksigen Sätzen, steif, stolpern dann und wann. Und schauen verwundert einher. Ohne Textbuch, Fahne, Schminke im Gesicht.

(Die Väter hatten ein Textbuch, das begann so: *Wir befinden uns im Zeitalter des Spätkapitalismus. Die Welt ist einem universalen Verblendungszusammenhang unterlegen. Die ganze Welt? Nein! Eine kleine Schar von unbeugsamen Intellektuellen hört nicht auf, den Verwaltern der Kulturindustrie Widerstand zu leisten. Und das Leben ist nicht leicht für die Agenten des Massenbetrugs in den glitzernden Hochhäusern der großen Städte.* Dann kamen die verschiedenen Abenteuer. Und während der Gemeinschaftserlebnisse wurden Lieder gesungen, wie: ZÜNDET AN EIN FEUER, oder: DAS VOLK, DAS IM FINSTERN WANDELT, SIEHT EIN GROSSES LICHT. Die Väter mußten niemals über sich selber lachen. Alle hatten das gleiche an. Jeder hatte ein Textbuch. Jeder hatte Angst, den Text zu vergessen.)

Ich bin allein. Einen Strom in der Nacht hört man nur rauschen und sieht ihn dann und wann in hellen Wellen leuchten. Ich bin allein mit Impulsen und Kontakten, die sich überlagern, leise rauschen, aufleuchten, daß mein Herz flimmert, flackert. Ich bin allein mit dem Nachtgesicht von Seite 10. Mit den Inkarnationen in mir. Mit einer leeren Flasche. Manche Bilder sind Herzstiche. Und dann wieder das Rauschen eines fernen Stroms.

In dieser Nacht sehe ich zu den Sternen hinauf. Zwischenhin zieht ein Satellit. Stellt euch das Innere eines Satelliten vor! Eine babylonische Kontaktfülle, Kontakte, die sich berühren, Kontakte, die wie Körner rieseln, elektronische Metamorphosen, Töne, Kreuzungen, Gesichter, die aufleuchten, moduliert werden, zu Bildpunkten zerlegt. Empfängnis und Weitergabe, Daten, Namen, wundersame Konferenzschaltungen. Es koinzidieren das Wesentliche und das Unwesentliche. In diesem Lichtpunkt des Schwebens, dem ich nachsehe auf seiner Bahn, in der Flieh- und Gravitationskraft sich die Waage halten. Leise vibrierend, daß die Bilder zittern, das Knotengewirr, die Schnitte, die nicht stillstehen: Emanationen ohne Ende, weltumspannend und multispektral. Der Satellit behält nichts, er steht nicht still. Seine Daten gehen dahin auf Wellen. Stellt es euch vor, die Strahlungen, Impulse, den Schweif des Satelliten, der sichtbar wäre, ein leuchtender Zug aus Bildpunkten-Zahlen-Codes-Inkarnationen, ein Strudel, ein Schweif, der nie verglüht. Denn das, was nicht ist, wird, und das, was etwas ist, geht dahin. So zieht er vor meinem Auge, schwerelos. Er sendet alles, was er empfängt, ohne Begründung, ein Füllhorn, das sich ergießt. Und still dahinflieht, aber wiederkommt, auf seiner elliptischen Bahn, in der Flieh- und Gravitationskraft sich die Waage halten.

Groß ist die Macht meines Gedächtnisses, gewaltig groß, o Gott, ein Inneres, so weit und grenzenlos. Wer ergründet es in seiner ganzen Tiefe? Diese Kraft gehört meinem eigenen Ich hier an, sie ist in meiner Natur gelegen, und gleichwohl fasse ich selber nicht ganz, was ich bin. So ist der Geist zu eng, sich selbst zu fassen. Wo aber ist es, was er an Eigenem nicht fassen kann? Ist es etwa außer ihm, nicht in ihm selbst? Wie also faßt er's nicht? Ein großes Verwundern überkommt mich da, Staunen ergreift mich über diese Dinge.

So schrieb Bischof Augustinus, als er durch die Gefilde und Hallen seines Gedächtnisses ging. Er gelangte in entlegene Kammern, er ging gebückt durch einen Felsengang und eine

Höhle. Dahinter sah er den Ozean, er sah den Himmel sich entwolken, uferlos. Er sang bei ruhender Zunge, ging weiter und zog ein Erklingen nach sich, eine Spur.

Ich lese Augustinus. Niemand hat mir von seinen Bekenntnissen erzählt. (Die Väter fanden solche Bücher obskur. In Projektwochen eine blaue Friedenstaube auf ein Bettlaken malen, das haben uns die 68er beigebracht.) Augustinus ging durch die Zerstreuung, er umfaßte alles und hielt nichts fest. Er schlug einen Ton an, der noch klingt. Eine Saite vibriert noch, und ich lausche diesem fernen Ton.

Die Wolken ziehen, schleppende Massen, getürmt, Schichten, Sedimente, die sich verschieben, unhaltbar. Wolkenbrocken, die verwehen, fliehen, Schwaden, die sich teilen und verfugen, schroffe Wolkenwände lösen sich. Ich sehe Wolken schmelzen und rieseln. Als Kind mochte ich das Spiel nicht, in dem man diese und jene Wolke wie ein Ding nennen mußte. Schöne Verschwendung, substanzlos, weiß fliehen sie dahin und sind nicht starr. Und Gebirge verschwinden, ohne Geschichte, ohne Spur. Die Wolken legen sich zueinander, vermischen sich, Wolken werden eins und ein anderes. Getrenntes und Ungetrenntes, Wolkenreiche schweben, lösen sich, kumulieren, Flocken, Schlieren.

Zurück in die Immanenz. WAS FÜHLT MEINE GENERATION? Ich will euch ein Bild geben, damit ihr versteht. Ein Grillabend, ein windstiller Augustabend. Ein Grillabend bei der Tochter des Spediteurs, am Stadtrand. *Haben wir alles?* Ja, wir hatten alles, wir hatten Longdrinks und Geflügel und Diät-Nektar. Wir sahen von der Terrasse über die Wiesen hin, das hingestreckte Wiesenland. Aus dem Zimmer kam Musik, schleppender Schlag. Laue Luft. Von Fernsehturnieren war die Rede, von negativer Theologie, von Walter Benjamin und Boris Becker, der eine Knieverletzung hatte. Namedropping über die Terrasse hin, so daß man fragen wollte: *Wohin hat uns die Sprache verschlagen? Brust oder Nacken?*, fragte die Tochter des Spediteurs, die Leggins trug, ein Bein schwarz, das andere weiß. (Gnosis war in, Ende der 80er.) Und wir hörten INDEPENDENT; Ende der 80er. Und wir warn auch INDEPENDENT, wir waren Eklektiker und damit Skeptiker. *Nichts vivificiert uns ganz,* sagte ich, die Musik hing über der Wiese, schleppender Beat. Die Sonne sank rot hinter den Knicks, da aßen wir Folienkartoffeln, Kartoffeln mit Quark, stapelten Leergut. Der Horizont war tiefrot angelaufen.

Ist es das, was die Leute aus der Oberlausitz DIE WESTLICHE BELIEBIGKEIT nennen? Muß wohl. Ich bin hier geboren. Ich war niemals in Rumänien. Was wollt ihr von mir? Künstlerbiographie / Bildungsroman / Verwerfungen / Widerstand? Trauerarbeit oder was? Ich schreibe meine Bekenntnisse. Freilich lebe ich nicht in der Wahrheit. Ich erzähle von mir selbst. Denn wenn die Sonne des Allgemeinen versinkt, leuchten die Lampen des Privaten auf.

Und wir beginnen wieder mit den einfachen Fragen: *Welche Eigenschaften schätzen Sie bei einer Frau am meisten?* Leichtigkeit. *Ihr Lieblingsvogel?* Die Schwalbe. *Ihre Lieblingstugend?* Ironie. *Beginnt Ihr Herz hin und wieder unregelmäßig zu schlagen?* Ja, hin und wieder. *Ist die Ironie ein vernichtender Blick?* Ja, aus einer fremden Liebe heraus. *Ihr Lieblingsmystiker?* Clemens Brentano. *Wird die postmoderne Philosophie zur negativen Theologie werden?* Weiß nicht. *Welches Lied würden Sie einem Kind vorsingen, um es zu trösten?* Der Mond ist aufgegangen.

Und wir gehen weit zurück. Am Anfang Europas war Anaximander, er lehrte: *Die Natur der Seele ist luftartig.* Er hatte recht. Die Seele hat keinen Ort, hier ist sie und dort, und flieht sich selbst und kennt sich nicht. *Und wenn du sprichst, dann spricht nur ein Teil von dir,* singt Peter Maffay, er hat recht. Und der andere Teil trinkt und wartet auf die Existenz. Und lacht in sich hinein.

Sie müssen immer an der falschen Stelle lachen, sagte ein Religionslehrer zu mir. *Du hast keinen Stil,* sagte Susanne zu mir. *Sie sind allbewandert, aber unbewandert,* sagte der Kritiker. Und so sitze ich da, allbewandert, auf einer Brücke über der Eider – einem kleinen Fluß in meiner Heimat – unbewandert, etwas schmal gebaut, schmal und frei, folg ich dem Fluß und laß die Füße baumeln.

Vorläufige Verluste: Ich habe die Ruhe verloren. Und die Glaubwürdigkeit. Ich habe oft die Beherrschung verloren. (Noch heute verliere ich bei kindischen Spielen öfter die Beherrschung, gerade bei Brettspielen, was kaum zu glauben ist; vom Sport ganz zu schweigen.) Ich habe den Glauben der Väter verloren und die Mitte. Ich habe wichtige Kriterien oder Kategorien verloren. (Ihre Namen fallen mir nicht mehr ein.) Mit Sicherheit habe ich zahlreiche Schlüssel verloren, ein Fotoalbum meiner Kindheit, einen schwarzen Wollpullover, an dem ich hing. Und die erzählerische Souveränität habe ich verloren, wenn ich sie je besaß, ich weiß nicht. Ich verliere zunehmend Haare. Ich habe die Übersicht verloren. Ich habe die Ursachen verloren. Die Ursachen rieseln dahin. Ich gehe dem Verlorenen nach.

Und wieder reißt mich die Woge des Geistes fort, und hoch hebt mich ihr Schwall, Bilder werden emporgeworfen, sprühen auseinander, flirren im Licht, und die Gischt zerstäubt, fällt nieder und perlt herab.

Und dann bin ich kalt und sehe meinen Mund übergehen und hör mich Absätze sprechen, ALS WÄR ICH NOCH UND NOCHMALS DA, und hör mich lachen, hör den Drucker surren, hör mich lachen, kalt und leicht, ALS WÄR ICH EIN TÖNENDES ERZ, das schlägt und schlägt, mit kalter Haut, angetan mit kalter Haut spricht EIN TEIL VON MIR, und der andere Teil singt, ist SCHWERELOS und spürt ein deutliches Pochen, mehr nicht, ein deutliches Pochen, denn UNRUHIG IST UNSER HERZ, krampft: und löst sich, brennt, ist wund und schlägt,

bis daß es ruht. Dann hat es die Sprache verlassen.

Dieser Text ist strukturiert durch die Logik des UND. In ihm vollzieht sich eine unendliche Iteration, ein ständiges Werden, eine Wucherung, die an jeder Stelle unterbrochen werden kann und sich dann an anderen Stellen – oder an der gleichen Stelle – fortsetzt. Denn das Mannigfaltige muß gemacht werden. Seine Stränge bilden ein Netz – es schillert wie ein Spinnengeweb, das an einem Septembermorgen im Tau erglänzt. Dieses Netz ist eine Karte, mit der die Sprache reist, über die Zeit hin.

Aus der Zerstreuung sammle ich. Wie einer, der alles umarmt und nichts hält. Dem die Gesichter davonlaufen, durch Spiegel hindurch, durch eine Reihe von Spiegeln, die sich vervielfältigen. Dunkelnde Spiegel, gleißende, Silberspiegel, gebogene Spiegel im Licht. Ich halte mir die Augen auf.

Ich habe öfter entzündete Augen. Im Spiegel sehe ich das Weiß durchzogen von roten Fäden, die ein Netz bilden, gerötete Adern, Linien, ein Delta, das auseinanderläuft, wo sich die Fäden berühren und trennen, Schnittpunkte. Die auseinandergehen, vom Sehen entzündet.

Und so schweife ich ab. Aber wovon denn? Ein Komet ist schöner als ein Fixstern. Und er kehrt nicht zurück. Er ist nur sich selber ähnlich.

Ich verneige mich. Ich habe in meinem Herzen gelesen. Dort steht das Hohe neben dem Niederen, das Erhabene bei dem Witz, der Augenblick neben der Ewigkeit. Und Baudelaire neben den Talking Heads, Michelangelo bei der Beliebigkeit, mein Geschichtsstudium folgt der Sesamstraße. Fragebogen, Grillabend, Schaschlikstäbe, Asterix und Augustinus. *Typisch,* sagt ihr. *Typisch,* sage ich. Wie auch Heraklit sagt: *Die schönste Welt ist wie ein aufgeschütteter Kehrichthaufen.* Er hat recht. Ich verneige mich, mein Gruß gilt den wahren, den pneumatischen Ironikern: *Unsere Worte klumpen nicht!* Und das ist gut so. Sie rieseln dahin, sie sättigen nicht, ziehen eine Spur, keine Bilanz, eine Spur, ein Erklingen. Wie etwas, das eine Lust ist. Wie etwas, das vertönt. Und dem ich folge, fremder Gesang. Meine Bekenntnisse, vorbei.

Embleme
für flüchtige Zeiten

Bert telefoniert mit einer Banane

Da Bert in die Banane spricht
– Hallo! Hallo! Hier! –,
lehnt Ernie, dieses Mondgesicht,
kichernd, schnarrend in der Tür.

Nun wird das Bild erklärt:
Der alte Glaube, das ist Bert,
ruft und redet, niemand hört.
Im Rücken das Lachen.

Am Meer

Seht dort jenen Surfer gleiten,
wie er kreuzt und wie er powert
durch die wind-verwehten Weiten,
wo das Meer im Licht erschauert.

Das Leben – ein kurzes Erwachen,
ein Glitzern, flüchtiges Treiben.
Du mußt Tempo machen!
Du mußt locker bleiben!

Tablette im Wasserglas

Sie sinkt und perlt, von Blasen ganz
besetzt, und sprudelt stark, bewegt
das Wasser, schäumend weiß, ein Tanz –
bis sie zerfällt, der Sturm sich legt.

Chemie, die jeder kennt:
Das Wasser ist die Welt,
die Tablette aber nennt,
wie es euch gefällt.

Die Garagen im Hof

So, wie der Wind übers Dach wischt –
sprenkelt die Pfützen, hell,
plustert die Amsel,
schnell –

der Himmel, mein Herz, er ist
klar – leer wie die Stelle,
wo eben die Amsel
noch war.

Die Grotte Cosquet

Und plötzlich ist da in der
Tiefe: weiß auf der Wand
und verloren die Finger
gespreizt – eine Hand.

Und ist wie ein Winken
vom Anfang, sehr nah,
um die Leere zu füllen,
die Nacht: Ich war da.

A 7, Kasseler Berge

Nimm eine schwarze Nacht und sieh –
da ist ein schwereloser Bogen,
ein heller Strom aus Energie
durch die Finsternis gezogen.

Kennst du es noch, das alte Lied –
ein kaltes Schwinden ist die Welt,
von jeder Stätte müßt ihr fliehn,
jedes Menschen-Licht, es fällt.

Wimbledon 1997

Das ist das Ende! Da geht er, geschlagen.
Siege und Ruhm sind lange verhallt.
Jung war das Licht, und geballt
in den pochenden Tagen –

ein endloser Sommer – ihr Atem zerrann,
flatterte, stieg, eine keuchende Weise
vom Glück. Sie lächelte leise,
als Becker gewann.

Heute und morgen

Die Nachrichtenfrau spricht vom Wetter,
und das legt vorm Fenster gleich los:
Im Morgengrau treiben die Blätter,
die Macht in den Wolken ist groß.

Und das gilt für heute und morgen,
die Wege der Wolken sind schnell;
die Zukunft ist leider verborgen –
sagt die Nixe von RTL.

Im Museum der Geschichte

Ein Glaskasten im Licht,
darin ein grauer Stein,
der an den Rändern bricht;
und also fällt mir ein,

wie ich versunken saß,
am Küchentisch in Kiel,
als die Meldung kam,
als die Mauer fiel.

Alte Eule

Es glänzt ein See in schwarzer Ruh,
an seinem Ufer kahl ein Baum;
da hockt sie und schaut immerzu
ihr Bild im Wasser, kennt es kaum.

Ach, die Flügel sind so schwer,
weh, die Welt ist weit und tief,
klagen Achtundsechziger,
grau und eulig, reflexiv.

Der Zitterrochen

200 Volt! Also fliegt, wer ihn streift,
aus der Bahn! Und zittert sehr,
schaukelt und schweift
haltlos durchs Meer.

Sokrates lacht: Ja, das Bild, das ist gut,
ist mir recht, dieser Fisch, der da irrt
durch die Sprache, die Flut
und die Leute verwirrt.

Ernst Jünger im Garten

Dort – mitten auf dem Rasen,
still – er ist allein,
seht – er pustet Seifenblasen
in die Nacht hinein.

Das Jahrhundert wird ein Kind
und kennt sich kaum,
an den Fingern rinnt
klebriger Schaum.

Lübeck 1942

Manchmal, sagst du, für einen Moment
ist es da, es ist der Geruch, nur ein Hauch –
in den Gärten verbrennt
einer Müll, da ist Rauch

in der Luft: Aus Fenstern jagen
Flammen, du bist das Kind
vor den Mauern, zerschlagen.
Auf Steinen flackert der Wind.

Die Füße des Vaters

Wie seltsam war jenes Knacken, und fremd,
in der Frühe, der springende Laut
in den Füßen des Vaters – das Hemd
hing herab, weiß wie die Haut.

Weit weg und allein bist Du heute erwacht
– stehst auf, Du bist halb noch im Traum,
als es knackt, und es trifft Dich mit Macht
– ein hallender Riß durch den Raum.

Alte Kleider

Ein Pullover, für Dich gestrickt,
ein Tuch, das riecht nach Protest,
der schwarze Mantel, oft geflickt,
von Jahren so ein Rest.

Gefunden aus Versehen,
beim Umzug, nebenbei,
nur so ein kurzes Wehen,
ein Ich ist schnell entzwei.

Danach,

in der flüchtigen Zeit – die Hand, die verkrallt
war im Körper, sie löst sich, sinkt nieder;
die Luft in den Mulden wird kalt,
die Glieder rauschen;

die Geister treiben auf einsamen Schwingen,
sie treiben am Rande des Lichts;
Gott ist der Wille, das Nichts
in ein Leben zu schlingen.

In Finnland

Männer und Speere; ein Tier;
ein Kreuz, wo das Herz sitzt
– die uralte Gier –,
in Felsen geritzt

und geschlagen
von klammer Hand,
wir sind, weil wir jagen;
ein Parkplatz am Rand.

Die Raumfähre Challenger

Zuerst ein Feuerball
und dann der Schweif, der sehr
lang hielt – der Fall
der Leiber – und das Meer.

Das ist ein altes Lied,
der Mensch hat sich verschätzt,
ein Dichtungsring verglüht,
Endeavour heißt sie jetzt.

Der Zapper

Wer durch die Programme zieht,
Nacht, eisblauer Schein,
auf lichten Wellen flieht
in ferne Raserein –

der weiß um uralte Götter
und das Glück des Fragments,
oder endet als Spötter
im Theater der Kontingenz.

Wasserläufer

Der Geist bewegt sich auf dem Schweigen –
die Fliege springt von Ort zu Ort,
auf Linien, die gleich Zweigen
das Wasser kreuzen, hier und dort.

Was für ein seltsames Spiel
auf der Tiefe, ein Reigen,
der ohne Anfang ist und Ziel –
der Geist bewegt sich auf dem Schweigen.

Krumme Linie

Ein langes Gedicht

I

Wer kann gerade machen, was gekrümmt ist? Ich bin umgekehrt, auf der Treppe, die Stufen hinab, zum Stadtrand, weiter, bis zum Ende der Häuser. Kahle, vom Winter gehärtete Felder, zwei Streifen, gepflastert, ein Weg.
Krähen über das Land verstreut. Der Wind geht nach Süden und dreht sich nach Norden, der Atem ein kreisendes, fallendes Rad, keuchend, jetzt wird er langsam und legt sich. Die Luft steht klar und kalt. Ein Krähenschwarm steigt schleppend auf.
Erinnerung, ein Sog aus ferner Quelle. Ich will den Weg hinabgehen, durch die Wirbel der Zeit, zu sagen, was verloren ist. Erinnerung, das Bohren einer Kinderzunge unter dem schon halb gelösten Zahn. Die krumme Linie der Zeit hinab, denn Sammeln hat seine Zeit und Wegwerfen hat seine Zeit, während der Boden zur Ruhe kommt.
Das Land schweigt, die Gegenwart, von den entfernten Höfen kein Laut, kein Hund schlägt an. Kalte Luft packt die Dinge, dunkle Erde, von einer Kruste überzogen, gefroren. Der Himmel weiß. Hier ist der Weg, Stein für Stein, wie einer gekommen ist, geht er dahin.

II

Jener Junge, der von der Schule kommt, später Vormittag, mit geschlossenen Augen trippelnd. Die immergleichen Bürgersteige, und wahrscheinlich hat er wieder seinen Turnbeutel vergessen, versunken in einer Zeit ohne Zeit.

Oder die Mengenlehre, Welt ohne Welt, mit dem Fruchtsaft kühl und süß durch den Strohhalm gesogen. Mit dem weit gekippten Fenster, Wärme zieht ein, doch sind die Sträucher noch kahl. Löschblattfetzen, ein Pappbecher, ein Kaugummi liegen im Gebüsch.

Und die Mengenlehre. Das sind Stimmen, der große rote Kreis, das grüne Dreieck. Die Frage von vorn, nach der Schnittmenge, dem blauen Quadrat. Die Frage von fern, nach der Vereinigungsmenge, dem Dreieck, dem Kreis, grün, klein, rot. Und die Frage ganz nah, nach dem blauen Quadrat, das nicht fehlen darf im Kreis, den die Luft spinnt, im Reigen. Er wird zur leeren Menge und verschwindet.

Zeit ohne Zeit, süß wie ein Pfirsich, dunkelrot und gelb. Die Sonne geht auf und geht unter und läuft an ihren Ort, daß sie dort wieder aufgeht. Es muß Juli sein, zieh die Haut mit den Zähnen ab, sie liegt auf der Zunge, am Gaumen Pelz, ein Schauder, dann die Süße und das Fleisch.

Die Nachmittage Wiesen, hingestreckt, das Gras geschnitten, klebt auf der Haut, Grasgeruch hängt in der Luft. Ich war ein schlagendes Herz,

war der Flug des Balls, ein Spiel, das über Wiesen lief, atemlos. Der Wind geht nach Süden und dreht sich nach Norden und wieder herum an den Ort, wo er anfing. Grasluft sah und hörte ich strömen, ich war ein Kind und spielte Fußball.

III

Die Turnschuhe lagen unterm Bett, der Abend kam, die Nacht. Schatten leuchteten, ich sah Fußball, Schnellinger und das Italienspiel, die Hitze der Verlängerung. Cordoba, der Untergang. Schatten gingen, ich sah den Kaiser, verloren auf dem Rasen.

Erinnerung, weiße Konter kommen aus der Tiefe. Oder Schwarzenbeck, der Ausputzer, unbemerkt und knöchern, dann in einer Nacht schießt er aus 40 Metern in den Winkel.

Damals lernte ich, der Ball ist rund, ich lernte, nach dem Spiel ist vor dem Spiel. Was geschieht, das ist schon längst gewesen, und was sein wird, ist auch schon längst gewesen.

Ein weites Rund, vom Flutlicht erhellt, eine gleißende Arena in der Nacht, um Masten ballt sich Dunkelheit. Unten wird der Meister gejagt und gepackt. Geschieht etwas, von dem man sagen könnte, sieh, das ist neu? Eine Saison endet und eine beginnt, aufwärts und abwärts, der Weg bleibt gleich. Der Fußball steht nicht still, und man gedenkt derer nicht, die früher gewesen sind, und derer, die hernach kommen. Man wird

auch ihrer nicht gedenken, bei denen, die noch später sein werden.
Die Zeit fing an. Ein Pochen im Nachtzimmer durch die Stille, das bist du, und was du hörst, mein Kind, ist das Rauschen eines fernen Rades, sein Fall. Ein Krampf faßt dich, und das Herz erschrickt, bevor der Schlaf kommt. Die Zeit begann, die Wiesen lagen leer.

IV

Das blaue Quadrat verschwand. Ein kalter Zug ging durch den Schulgarten, Blätter wirbelten, Jahre vergingen, auf dem Hof landeten Krähen. Die Geschichte des kalten Krieges. Wir sahen die Wüste, Arizona, hörten das Summen der Frühwarnsysteme und sahen die Schächte, wir lernten Angst.
Die Zeit tickte und ging, wie sie gekommen war, verschwand die Angst, wie Regen, der verfliegt, wie Regen auf den Bürgersteigen trocknet. Und Wolkenstraßen zogen vor den großen Fenstern der Schule. In der 7. Stunde hatten wir Latein.
Ein Winterlager in Pannonien, die Fläche der Zelte verschneit. Er wartet auf den ersten Wind, den Hauch vom Gebirge, streicht Schnee von der Plane, eine Haltestelle für Reisende. Marc Aurel, müder Kaiser. Was die Seele angeht, Träume,
Dunst. Wir dösen und schleppend fliegen die Krähen auf, flach über den Hof, Brot im Schnabel, ziehen hoch. Dann gehen die Freunde über

den Hof, kicken Kastanien, leere Coladosen zur Seite, die Schule ist aus. Und der Sommer

ist ein Steg am See, Puruvesi. Wind kräuselt das Wasser. Im Spiegel löst sich der Himmel, Licht sprenkelt den See, ein Schauder geht über die Haut. Dann sind Wolken und Türme, Schatten im Wasser, werden verstreut. Wolken schleppen und gleiten. Alle Wasser laufen ins Meer, doch wird das Meer nicht voller, an den Ort, dahin sie fließen, fließen sie immer wieder. Der Wind geht nach Süden und dreht sich nach Norden.

V

Wolkenstraßen fallen auseinander, schmerzlos. Später dann ein Treffen alter Freunde, revival, in einem bistro. Die Wände aus Spiegeln und Bildern, Neo-Expressionismus, dazwischen Bäume und Putten und Menschen. Einer, in Kindertagen groß im action-painting, spricht nasal, von Aktien, Siemens oder Stahl. Mein Spielfreund, an den Schläfen kahl, nennt sich selbst ›der Steuerzahler‹. Matt, so matt

wie jene, mit dem Weißwein in der Hand, ihre Augen blinzeln fahl. Das war mal anders. Die Zunge spielt am Glas, die Eiswürfel klirren noch, ganz leicht. Daß ich eine Lebenszeitstellung bekomme, ist unwahrscheinlich. Alles Mühen des Menschen ist für seinen Mund, aber sein Verlangen bleibt ungestillt. Du solltest eine Altersvorsorge-Versicherung abschließen.

Und wieder ein Sommer, wieder der See und der Steg mit den stürzenden, steigenden Schwalben. Wasser und Schilfgras, schwingende, leuchtende Haare. Doch ein Schauder sprenkelt den See, und das Bild verschwimmt, und der Wald am anderen Ufer wirft Schatten.

VI

Ein neuer Tag. 13 66 15. Meine Nummer, ich war eingeschrieben, saß im Schimmer der Buchrücken, Juli, wendete die Seiten. Ich stand im strengen Schatten hoher Bände, Dezember, stellte Tage ins Regal. Ein Kirschbaum stand im Hof.
Bilder, die vorüberziehen, ohne Auge, vor dem sie ziehen, verwoben durch Bilder von Bildern, so wie du selbst, schrieb der Philosoph, ein Traum, du selbst, ohne Leben, von dem geträumt wird. Weiß blühte der Kirschbaum, lief über.
Ich ging durch die Bücherreihen in den Vorraum, trank Coca-Cola, auf der Zunge perlend, Schaum, durch die Kehle läuft Schaum. Das Fenster steht offen, Stimmen, Vögel, Philosophen. Und die Zeit, gesammelt in Reihen und Regalen, kreist. Blütenzweige hebt der Wind und läßt die Last sinken, ein Traum, ohne Leben, von dem geträumt wird.
Schwarz wie die Nacht, Zeilen schwinden, die Tür ist geöffnet. Komm auf den Balkon, die Nachtluft umfaßt Dich, sieh hoch, der Große Wagen, Räder im Nichts, die volle Beleuchtung.

Nachtvögel huschen vorbei. Je mehr der Mensch sich müht zu suchen, desto weniger findet er.

Lesen, Schreiben, Fernsehen. Um 2.30 Uhr gab es Raumschiff Enterprise, Sterne, unendliche Weiten, Gase, leuchtend oder nicht. Seien Sie nicht traurig, Captain, seien Sie logisch. Das waren die letzten Worte des Weltraumfahrers Mr. Spock, worauf die Fähre einen Bogen zog

durch Welten, die noch nie ein Mensch gesehen hat. Am Morgen wieder in der Bibliothek, Seiten wenden sich schwerelos, unendliche Seiten. Wer kann wissen, was dem Menschen im Leben gut ist? Ich saß im Schimmer der Buchrücken. Wer kann sagen, was nach ihm sein wird? Ich saß im strengen Schatten hoher Bände.

Alles ist Austausch des Feuers und das Feuer Austausch von allem, schrieb Heraklit. Er starb an Wassersucht, den Körper in Rindsdünger gehüllt.

Nachmittage verstrichen, zwischen den Regalen, Kapitel um Kapitel. Worte verflossen, verloren ihre Gestalt. Worte wurden zu Figuren, der große Kreis, das grüne Dreieck kehrten wieder und das blaue Quadrat, das nicht fehlen darf im Kreis, den die Luft zieht, im Reigen strömender Luft. Bilder,

VII

die vorüberziehen. Eine Mauer zerfiel zu Staub, nichts ist unmöglich, sang der Chor. Blütenzweige lagen auf dem Sarg des Königs. In Petersburg war Pferdemarkt, als ich aufwachte.

Bauen hat seine Zeit, einreißen hat seine Zeit, Steine sammeln hat seine Zeit, Steine wegwerfen hat seine Zeit. Als die Mauer aufging, schoß ein Strom hindurch. Wer will den Grund der Dinge finden, alles was da ist, ist fern und sehr tief. Sie küßten die Offiziere. Die Nacht war hell,
die Nacht verlief, ausgekippt, auf den Straßen glitzerte und schäumte Wein. Die Grenze war Luft, sie kamen, beladen, bepackt, die lange Kette der Wagen, test the west. Wehender Dunst, flatternd, hupend, stockend kam Deutschland, das heilige Herz, geteilt, nie
wieder. Ich stand am Straßenrand, um die Füße trieb Staub. Sie trugen ausgebleichte Jeans, die sehr komisch saßen, und zogen Kinder in Skianzügen hinter sich her, pink. Der Chor sang, it's the end of the world as we know it and I feel fine. Unter den Füßen verschob sich Europa.
Wer will dem Menschen sagen, was nach ihm sein wird unter der Sonne? Meine Abituraufgabe lautete, nennen Sie sieben Unterschiede zwischen einer Sowchose und einer Kolchose. Ich wußte höchstens drei, schloß die Augen, schwitzend über den Tisch gebeugt. Als ich sie wieder aufschlug, war alles fort.
Jedes Ding hat seine Zeit und sein Gericht, sagt ein Reporter auf dem Roten Platz. Verstreute Gestalten, Weiber in Schwarz und Cola-Trinker auf der weiten Fläche aus Stein. Unter den Füßen verschob sich Europa.
Vögel schossen dahin. Eines Tages war Gift in der Luft. Der Diktator erschossen, in einem Wald von

dunkler Farbe, wo keine Früchte wachsen, nur Dornen aus Gift. Sein Schatten steht am Baum, und die Harpyien, in den Blättern weidend, bereiten Schmerz und diesem Schmerz ein Fenster. Dann tragen sie hinweg die wehen Glieder.
Wirbel der Zeit, alle fahren wohin, die Erfahrung läuft zick-zack. Was bleibt, eine graue Armee von Tatsachen humpelt ins Museum. Was kommt, Dichter zittern wie Rochen, wer zu spät kommt, den bestraft das Leben, ein Rad mit schnell rollender Felge. Das Höchste wird gegen das Unterste getauscht.
Verwirrt war die Sprache, daß keiner des anderen Sprache verstand, ich hörte neue kehlige Laute. Ich fuhr an der Küste unter den krächzenden Seelen nach Osten. Durch Länder, die lange verschlossen waren.

VIII

So kam ich nach Königsberg, an den Ort, wo die Stadt war. Dort hielt ich. Kalt steht das Meer vor den Mauern. Von hier kam die Kinderfrau Boje, geflohen, 1945, die Schaumkronen blitzen weiß.
Boje, an der Ecke unserer Straße, am Dienstag und Donnerstag, ihre Handtasche und ihre Schnittchen, in Cellophan verpackt. Aufgesteckte Haare, die Stimme, wie ein Vogel, war seltsam dünn und hoch, wenn sie sang, auf einem Baum ein Kuckuck saß. Sie redete nachts im Treppenhaus irr, sah ihre Nachbarn aus Königsberg wieder.

Die Stadt ist gefallen. Die Schiffsherren und Seefahrer und die auf dem Meer arbeiten, sahen den Rauch. Die Stadt ist vernichtet, ausgelöscht, daß auch des Nachts das Herz nicht Ruhe findet. Boje mußte zwei Flaschen Wasser gegen das Austrocknen trinken, täglich, gegen die Erinnerung.
Aber die Kammern, wo alles versiegelt ist, taten sich auf, und was getrennt war, um zu leben, verlief. Sie saß auf ihrem Küchenstuhl. Zum Laufen hilft nicht schnell sein, zum Kampf hilft nicht stark sein. Wer kann gerade machen, was gekrümmt ist? In ihrer Wohnung, Erdgeschoß, dunkel. Sie lebt in Königsberg, Schaumkronen blitzen, erlöschen.

IX

Der Kontinent begann zu knirschen, der Krieg kam wieder, der wirkliche Krieg, flackernd. Sie kamen, die Grenze war Stahl, Gesichter, Flüchtlinge, steinernes Grau. Wir lernten, wie man auf Luftbildern Massengräber erkennt. Sarajevo, die Granate schlug auf dem Marktplatz ein.
Aus dem großen Trichter strahlte ein grelles Licht, die wälzende Bewegung einer dunklen Masse war darin zu sehen. Der schwelende Qualm des Einschlags strahlte, fliehender Dunst. Das Jahrhundert bog sich zurück, Sarajevo. Wir standen am Ende und sahen zurück. Rauch, das Jahrhundert
zog abwärts. Mit der Kette der Propheten, von Winden geschlagen, grau und geduckt. Ein Flak-

kern, ich sah ihre Götter. Auf seinem Lager Mao, einer der großen Götter, geschuppt. Die letzten Jahre putzte er die Zähne nicht mehr. Man hielt ihm Jungfrauen hin, und sein Schwanz erhob sich.

Und die Menschen beteten das Tier an, und es wurde ihm Macht gegeben, daß es auch Feuer vom Himmel auf die Erde fallen ließ, und sie machten sich ein Zeichen an ihre rechte Hand oder an die Stirn, und niemand konnte kaufen oder verkaufen, wenn er nicht das Zeichen des Tieres hatte.

Ein Singen, von Winden getragen, da spielten die Orgeln des großen Diktators, eine schwarze Fuge. Und ein Strahlen wuchs, Scheinwerfer leckten am Himmel, erloschen. Der Engel Utopia senkte sein Schwert. Und eine andere Stimme sprach, weh, du große Stadt, in einer Stunde ist verwüstet worden solcher Glaube.

Das Jahrhundert zog abwärts. Mit dem Zug der Propheten, die Köpfe gereckt, als sei da ein Licht, die Augen geweitet gleich Breughels Blinden, Bild, auf dem kein sehender Mensch ist. Stock an Stock, auf den Sumpf zu.

X

Nacht, jammertrübe Nacht, Finsternis aus Klagen. Die Ebene war mit Stimmen gefüllt, Schwärze, aus Stimmen gewebt. Wie Kreisel gepeitscht, so klagten die Stimmen. Wer kann sa-

gen, was dem Menschen im Leben gut ist, wer kann sagen, was nach ihm sein wird unter der Sonne?

Die Zeit ist ein Strom, den man rauschen hört in der Nacht, aber nicht sieht. Ein Gleiten und Schwellen und Strömen, nah und doch fern. Die Tatsachen wechseln das Ufer, die Theorie ist müde, sie bleibt zurück, wandermüde.

Alles was da ist, ist fern und sehr tief. Denn wo viel Wahrheit ist, da ist viel Grämen, und wer viel lernt, der muß viel leiden. Die Zeit ist mit Stimmen gefüllt, seufzend, viele Lampen sind ausgebrannt, irren durch die Nacht.

Propheten, verfangen im Dickicht des Einst, seufzend. Und andere zürnten der Zeit und blieben eitel und stolz. Aber wer zu spät kommt, den bestraft das Leben. Und den Tag und die Stunde weiß keiner.

Und der Kirschbaum stand kahl, Gespenst eines Baumes. Die Nacht war mit Stimmen gefüllt, Schwärze aus Stimmen gewebt, der Glaube verbraucht. Nacht, jammertrübe Nacht, Finsternis aus Ach und Klag.

XI

Ich bin auf dem Schloß der Dichter gewesen. Wie es schimmernd dort lag, auf stiller Höhe weiß, in seinem Rücken Wald. Ein Vogel sang von irgendwo, da kam aus einer Flügeltür ein Kapuzinermantel, schwarz, und war verschwunden. Über den Hof schritt eine Frau, geführt von

einem Schaf. Ein junger Herr mit Locken lud mich ein in sein Gemach. Wir sollten das Schweigen üben, sagte er.

Als ich erwachte, hörte ich einen Ton, ping, und dann brach ein Sturm los über die Flure, und Kissen flogen und Federn und Türen. Ich ist ein anderer, rief einer, die Haare gesträubt, auf der Jagd nach seinem Schatten. Ein Hirschgeweih röhrte vorbei. Und ein anderer sprach wie ein Maschinengewehr, das schprachwerg zeug geht indie binsn, und kam auf mich zu, da

floh ich die Gänge herunter durch einen dunklen Saal, Spiegelsaal. Ein Wesen im Schein einer Kerze, das trug einen Bart, dem Walroß verwandt. Die Mütze gleich segelnden Scheiben, wie Kinder sie werfen, und saß dort und fluchte, verwünschte und greinte und jammerte laut in die Leere,

j'accüüühß, wie ein Wolf unterm Mond. Da floh ich vom Schloß, tief war die Nacht, und Krähen umflogen den Turm und klagten und krächzten mir nach. Laß dich warnen, mein Sohn, denn des vielen Büchermachens ist kein Ende, und viel Studieren macht den Leib müde. Ich bin auf dem Schloß der Dichter gewesen.

XII

Ein anderer Morgen geht auf. Ein Broker stürzt am Vormittag die Bank von England, wird grinsend aus der Börse geführt. Ein Spekulant kauft

Städte, läßt sie liegen, Stahlbeton ragt auf. Der Glaube verbraucht.

Wo viele Güter sind, da sind viele, die sie aufessen, und was hat ihr Besitzer mehr davon als das Nachsehen? Wer arbeitet, dem ist der Schlaf süß, aber die Fülle läßt den Reichen nicht schlafen. Wie einer nackt gekommen ist, fährt er dahin.

Ich sah meinen Freund, Zeit ist Kampf, Kampf ist Geld, an einem schnellen Tag. Ein Hörsturz ist wie ein Infarkt. Kalter Schweiß, im Spiegel verschwimmt das Gesicht. Nach einem Hörsturz hat man ein Rauschen, ein Schaben metallischer Platten im Ohr.

Ich sah, zum Laufen hilft nicht schnell sein, zum Kampf hilft nicht stark sein. Das Rauschen im Ohr, das sind die rasenden Spindeln der Zeit. Nach Hause kommend, schlägt aus Fenstern Leere, noch im Schlaf die Fäuste voll Mühe.

Ich sah, am Kinosessel klebend, eine Frau, aufgereckt im Schlund Manhattans, einen Schrei, Fuck, wo jedes Licht verstummt, wo Seelen heiser und zerzaust ein Fenster suchen für den Schmerz. Der Leib brach aus, vom Schrei verrenkt. Ein Zeichen auf dem Asphalt, der Nacht.

Der Glaube verbraucht, vor schwarzem Hintergrund leuchten Zahlen auf. Eine neue Figurenlehre. Manager landen, wir erhöhen die Laufzeiten, Manager starten. Menschen und Figuren und Zahlen werden getauscht und gedreht, ich sah ein großes Rad.

XIII

Einsteigen, Fortuna lacht, anschnallen. Fortuna greift an ihr Rad, festhalten, sie hat die Hand am Rad, die Stimme ist blechern, schrill, festhalten, sie dreht. Auf geht die Fahrt, es geht los,

es geht rund, und Tempo, jetzt wird Tempo gemacht, da kommt er schon, der Sturz in die Tiefe, der Magen noch in Ordnung, Freunde, weiter geht's, die Steilkurve, wollt ihr noch, Freunde, könnt ihr noch, jetzt nähern wir uns dem Looping.

Jetzt schweigt die Alte, nur das Rauschen ist zu hören, Fahrt der Wagen durch die Nacht, sausender Fall. Fortuna läßt das Mikro sinken, in den Falten ihres Gesichtes, gedunsen, kreisen die Lichter, rot und grün, der Loopingbahn. Die Alte sieht der Kette, dem Zug der Wagen nach,

ah, Freunde, sie redet weiter, das geht durch den Magen, das zieht und reißt in die Nacht, redet in die Nacht, weiter, während der Zug saust, die Bahn, sie steigt und fällt, ein flackerndes Rad. Die Zeit

fällt und Bilder kreisen, wirbeln im Sog, Schlund der Zeit. Das ist meine Macht, spricht Fortuna, dies beständige Spiel. Ich drehe das Rad mit schnell rollender Felge, das Höchste gegen das Unterste, das Unterste gegen das Höchste zu tauschen. Und die Bahn kreist im Looping, Metall an Metall, Funken sprühen. Und spitze Schreie fallen aus dem Looping. Festhalten. Jetzt wird Tempo gemacht.

Die schrille, kippende Stimme der Alten. Jedes Ding hat seine Zeit und sein Gericht. Du kannst deine Tage nicht dehnen gleich dem Schatten.

XIV

Ich kam in den Norden. Wolken schieben sich wie Klumpen vor, Berge quellen und zerfallen, während ich salzige Kekse esse, noch von der Fähre. Eine Wolkenstraße löst sich auf und wird verstreut, eine Fichtenreihe spiegelt sich im See, franst aus, wenn Wind fällt. Am Felsen gegenüber hält sich eine Kiefer, in Stücken bricht Rinde weg, in Scharten. Weh dem, der allein ist, wenn er fällt, dann ist kein anderer da, der ihm aufhilft. Auch wenn zwei beieinander liegen, wärmen sie sich, wie kann ein einzelner warm werden?

Das Ufer am anderen Ende ist Wald, hingestreckt, der Schwung eines Hüftknochens, in den Mulden Himmel, ein Finger fährt die Silhouette nach, sie wölbt sich auf, in den Spitzen zittert sie. Wind fällt auf den See, und ein Schauder geht über die Haut, das junge Gras am Ufersaum kräuselt sich leicht. Allein.

Eine Motorsäge frißt sich in die Stille, dann ist wieder Ruhe. Wind fährt durch die Schwingen, die Haare des Schilfgrases. Die Natur zuckt nicht mit der Wimper. Ich saß auf dem Steg, dachte zurück, ich las die Lehre der Alten, was dich freut, ist erfunden, dich schmerzen Gedanken.

Wolken schichten sich empor, Schwalben steigen, Wolken fließen wie Gebirge, und ich versuchte zu lächeln, die Lehre der Alten.

XV

Das Lächeln, der Säugling, in seiner blauen Schale zum Wippen, lächelt. Der gichtkranke Seneca, tota vita discendum est mori, lächelt, lautlos, wie Abendwind das Wasser kräuselt. Weinen ohne zu weinen, es erhebt sich. Lachen ohne zu lachen, und zieht davon.

Der Sieg lächelt, und die Niederlage. Die Auguren lächeln, weil sie Amateure sind. Die Demut lächelt und der Stolz, Vergeblichkeit, wenn der letzte Elfmeter im Nachthimmel landet, denn der Fußball steht nicht still. Was geschieht, das ist schon längst gewesen, und was sein wird, ist auch schon längst gewesen. Das Lächeln erhebt sich,

bringt die Dinge zum Schweben, es streift durch die Menge mit leichtem Schritt, ich weiß nicht, wo du gehst, ein schon verwehtes Haar. Du nicht, wohin ich zieh. Die Welt überwunden, just and now, der Schimmer auf den Gemälden der Heiligen, das Strahlen im Hintergrund,

Licht aus den Bergen, der Kette, die kobaltblau am Ende des Bildes liegt, Lächeln. Es weiß nicht Anfang noch Ende. Das Lächeln teilt die Gewalten, das Lächeln hat Zeit, denn das Große bleibt groß nicht. Als ich in Karthago aus dem Bus kam, klimatisiert, mit einer Horde durch die

Trümmer stapfte, der Salzwind zugriff und die Sonne durch die Gischt brach, mußte ich lächeln.

XVI

Das Lächeln ist kurz. Es ist besser, in ein Haus zu gehen, wo man trauert, als in ein Haus, wo man feiert, denn da zeigt sich das Ende aller Menschen, und der Lebende nehme es zu Herzen. Es gibt ein Bild von Edward Hopper, das eine junge Frau auf dem Balkonrand zeigt, ein blaues Badekostüm, über den Schultern flachsblondes Haar. Aber die Augen sind dunkel, und der Schwung des Kopfes

geht ins Leere. Hinter ihr an der Hauswand eine Alte, weißhaarig, kalt wie das Licht. Das ist die Mutter, die Zukunft, sie selbst. Trauern ist besser als Lachen, denn durch Trauern wird das Herz gebessert. Die Diagonalen fallen von Rot zu Rot.

Jeder hat seine Toten. Zuerst nur einzeln wie ein fernes Heben einer Hand, ein Grashang und ein flaches Tal. Irgendwann steht jemand hinter dir im Schatten hoher Tannen. Sie stehen an den Seiten, sehen zu, sorgfältig und unbewegt. Zuletzt wird es an deiner Schulter kalt. Die Toten sind ein Ring, die Toten schließen sich zusammen.

Das Licht wurde weiß, der Winter kam und Krähen sprenkelten den Himmel, ein Zug aus ferner Quelle, träger Zug, geht über die Dächer. Schleppend kam das Ende. Unter dem Cordstoff

der Hose trat die Kniescheibe hervor, er war 80, die Knochen traten hervor. Er war schmaler als die Gegenwart und verlor den Halt. Welke Blätter trieben, welke Blätter sogen sich voll, er redete wirres Zeug,

sprach auf den Anruf-Beantworter, wo seid Ihr denn, wir waren in der Stadt, er hatte es vergessen. Er verlor die Gegenwart und stieg weiter hinab, am Hüftband seines Bademantels durch das Reich der Schemen, die Vergangenheit. Schatten lagen an den Rändern des Trichters aus Erde, sie wollten noch fliehen, 1942, die Schatten recken sich empor.

Wir brachten ihn weg, saßen am Bettrand. Zeit, sie war das Tropfen einer Infusion, unter den Deckenfalten war er kaum vorhanden, den schweren weißen Falten, nur eine Wölbung. Zeit, ein Sog aus ferner Quelle. Ich stand am Bettrand, während sich der Himmel rötete, verlief, und die Erinnerung verlor den Halt. Ich hörte seine dünne Stimme, immer schon dünne Stimme, kalt ist der Abendhauch, als er an meinem Bettrand stand.

Wann war das, Erinnerung, das Bohren einer Kinderzunge unter dem schon halb gelösten Zahn. Und das Rauschen der Krähen, der Linien und Schwärme, die über den Dächern krächzen, zerrupft und heiser, klagend, wie einer gekommen ist, geht er dahin. Schleppende Krähen. Der Rauhreif ist den ganzen Tag nicht verschwunden, liegt auf den Dächern, weiß wie das Krankenhemd. Ein pendelnder, schlafender Kopf.

Der Weg vom Krankenhaus, am Stadtrand entlang, unter den dunklen Bäumen, die Wege vom Eis geädert. Kalt ist der Abendhauch, am Himmel sind Streifen zu sehen, die der Frost aufwirft. Wer kann gerade machen, was gekrümmt ist?

XVII

Ein Rieseln, zwischen den Schulterblättern, ein Schauer, dann drängt sich die Kälte heran, zusammen. Der Mensch weiß seine Zeit nicht, sondern wie die Fische gefangen werden mit dem verderblichen Netz und wie die Vögel mit dem Garn gefangen werden, so werden auch die Menschen verstrickt zur bösen Zeit, wenn sie plötzlich über sie fällt. Fast immer war dann ein Zucken zu sehen, bis er schlief.

Er wachte, kämpfte, die Haare hingen zerzaust, in Büscheln weiß. Das Flattern der Augen, dann kam das Zucken, daß auch des Nachts das Herz nicht Ruhe findet. Ich saß am Bettrand, wachte und schlief, ein pendelnder Kopf. Ich ging meinen Weg weiter. Ich sah

den Kampf gegen die Zeit, der aus den Sprüngen des Tages bricht, ewiger, billiger Kampf. Im Fitneßcenter, wo der Ball gegen Wände klatscht, im Squash lebt der Wille, traf ich meinen Lehrer wieder, im kanariengelben Anzug, zum Bodybuilding, sagte er, ruderte mit den Armen, mein alter Lehrer,

gegen die Zeit. Auf einer Hochzeit, wo die Mut-

ter der Braut im silbernen Kleid, Pailletten und Schuppen, ein Spiel ausrief, für alle. Es gab Tänze und Lose, dem Siegerpaar hielt sie, da bebte die Fülle, blitzten die Schuppen der Echse, Wäsche aus Seide und Spitzen hin.

Ich sah die Gier. Alles Mühen des Menschen ist für seinen Mund, aber sein Verlangen bleibt ungestillt. Nur selten blieb ich stehen. In einem Schaufenster lag eine Perlenkette, ein Tuch war mit Vögeln bestickt, ein Stilleben. Ihr Gesicht im Spiegel, ein Finger streicht Haare zurück, die Linien und Falten, die Furchen der Wange, des Mundes hinab, ein altes Bild. Ich sah,

Zeit ist Durst. Das Tropfen einer Infusion, wieder im Krankenhaus, wieder am Bettrand, der Durst warf ihn um. Er verlor den Halt. Das Flattern der Augen, dann das Zucken, bis die Hände sich auftaten. Wachen hat seine Zeit,

Schlafen hat seine Zeit. Da stand ich am Fenster, erschöpft, das Getöse verschwunden, der heftige Atem verstummt, ans Fenster gelehnt, den Holzrahmen. Das Glas war vom Eis durchzogen, feine Linien, eine Landschaft, in die ich mich verlor. Ruhe auf der Flucht.

XVIII

Aus den Rissen, den Sprüngen des Tages wachsen Bilder. Was ist der Garten in Ostia, als wir sie leise streiften, Zeit ohne Zeit, in einem vollen Schlag des Herzens? Oder die Jungfrau in Inter-

laken, kurz vor der Abfahrt des Zuges, als die Wolken zerrissen, der Gipfel erschien. Jenes Planetarium, auf die Nacht der Geburt eingestellt. Der Traum des Philosophen und die schweren, die nachzitternden Bilder, die dürren Verse und der Schund der Imagination. Ruhe auf der Flucht.

Ein Museum am Sonntag, in das er mich mitnahm. In der Mitte das nächtliche Paar, links die Hirten am Feuer, die friedlichen Tiere, oben der Waldrand, er wölbt sich vor, ein dunkler Mantel. Jetzt hält der Mond im See, jetzt hält der Spiegel still.

Ein zitternder Moment, das pochende junge Kaninchen, das wir aus der Höhle getrieben haben, im Garten, das ich mit geweiteten Augen hielt, ein Tier unter der Hand.

Am Morgen durch den Schnee am gefrorenen Park vorbei, die Zweige starr, in den Teich war ein Loch geschlagen. Dort drängten sich Wintervögel. Der Atem flatterte, um das Bett standen die Ärzte und schwiegen, wußten nichts, die Schultern zuckten, seien Sie nicht traurig, seien Sie logisch, und standen im Kreis, schwiegen, gingen. Was wissen wir schon, sagte ein junger, der als letzter in der Tür stand.

Die alte Frage, ich mußte fast lächeln. Wer will den Grund der Dinge finden? Was wissen wir, vom Fall einer Wange, dem Entgleiten der Züge? Gleichmäßig summt die Herz-Kreislauf-Maschine. Du kannst deine Tage nicht dehnen gleich dem Schatten.

Ich ging nach Hause, im Park begann das Eis zu tauen, die Oberfläche kräuselte sich, wurde weich, gab nach. Eine Brise kam, die Nervenbahnen hinab, ein Rieseln, Tauwetter. In dieser Nacht fiel ich in einen leichten Schlaf und träumte.

XIX

Ein Mann aus fremden Landen kam gegangen, mit tiefen Augen, dunklen Brauen, trug ein Gewand aus Falten und Figuren. Der sprach von dem Geheimnis der Natur, von Räumen, die kein Mensch zuvor gesehen hatte. Es war ein Tanz aus Energie. Atome wie Blasen zogen auf leuchtenden Bahnen.

Wir kamen in einen Saal aus Glas, durch den der Nachthimmel schien, still in seiner Pracht. Der Alte sprach Formeln, Ziffern und Laute einer anderen Sprache, da sah ich die Sterne wie Morgennebel aufziehen, und die Sonne zog dahin, in ein Sternbild, das kein Mensch je sehen wird, sagte er, lachte, die Planeten glitten wie Schwäne.

Der Weg ging tiefer in sein Schloß, ich weiß nicht, wie lange, wir kamen zu einem Wasser, steingefaßt. Eine Fliege saß groß und starr auf dem nassen Spiegel, strahlend schwarz. Dort wand und bog sich der Stab des Zaubermeisters wie eine Schlange. Wir standen auf einem Turm und sahen über ein dunkles Land. Alles was da ist, ist fern und sehr tief. Unten bewegten sich Laternen auf fremden Bahnen, sie schienen um

Hügel herum zu wandern, doch nichts, was ich sah in der Nacht, war fest, sondern wie Wellen oder ein Strom.

Wer will den Grund der Dinge finden? Eine Wendeltreppe lief vom Turm hinab in einen hohen Saal, Töne erklangen, nichts, was einer nicht sieht, ist. Doch wer sieht dich? Kälte zog am Boden entlang, ich erschrak, es war eine Katze, schwarz, die Augen wie Phosphor, dann war sie verschwunden, kam wieder, dann blieb nur ihr Grinsen in dünner Luft. Was da ist, ist schon längst gewesen, er nahm sie und steckte sie in seinen Hut, zog zwei Katzen hervor und immer so fort. Katze hoch x, sagte er, so sind Photonen und Menschen, die Unordnung wächst.

In der Tiefe verzweigten sich Gänge und Höhlen, wir kamen in einen anderen Saal, auf einem Steintisch lagen Karten mit fremden Zeichen, x' = ß (x – vt), er nahm sie und mischte, wirbelte, bis der Raum sich drehte, versank. Der Geist spielt aus, sagte er lachend, wie einer gekommen ist, geht er dahin. Zuletzt hielt er ein Glas Wasser und lachte. Das Glas verschwand, das Wasser verlief,
und ich wachte auf.

XX

Ich erwachte, kam ins Bad, schlafend, aus dem Labyrinth des Traumes, fröstelnd, die Katze verschwand um die Ecke. Wo viel Mühe ist, da kommen Träume. Ich erwachte, kam ins Bad, stand vorm Spiegel, sah Furchen.

Ich schloß die Augen auf dem Badewannenrand. Oktober, eine Tür aus knarrendem Holz geht auf, der Schuppen, der alte Anbau ist mit Äpfeln gefüllt. Der Blick geht nach oben, die Wände empor, beladen mit Stiegen von Äpfeln, rot und grün, poliert. Apfellicht fällt, und dann der Geruch, der wieder beginnt, in alle Ritzen einzudringen.
Das Erwachen des Kindes, wenn das Morgenfenster einen Spalt geöffnet ist, der Geist vom Schlaf noch gehalten wird. Das Erwachen, zuerst noch fern, dann heller werdend, Töne und Vögel steigen auf. Der Himmel ein blaues Quadrat.
Das Erwachen des Kindes, wenn die Zeit wie ein pochendes Tier unter der Hand, geweitete Augen, stillhält.
Die Schleifen des Träumens werden kürzer.

XXI

Ich saß im Bad, auf dem Rand der Badewanne, die Träume kalt, ich zog mich an und machte mich auf. Der Wind geht nach Süden und dreht sich nach Norden und wieder herum an den Ort, wo er anfing. Ein Flattern in der Luft, im Park, wo Eis schmolz, von Bäumen tropfte.
Durch die Stadt, die Fluchtlinie der Einkaufsstraße hinab, bunter Beton, die Stadt ist voll. Das Gerenne, hat Boje gesagt. Ein kurzer Durchblick zum Hafen, der Wind wirft Schaumkronen auf, sie blitzen weiß, das Wasser grün und kalt. Erinnerung, schmaler als Gegenwart.

Durch hohe Häuser, die Türme der Banken, das spiegelnde Glas. Schmelzwasser läuft hinab. Ich sah meinen Freund. Das Rauschen, das sind die Spindeln der Zeit. Zum Laufen hilft nicht schnell sein, zum Kampf hilft nicht stark sein. Ich muß weiter, noch einmal den alten Weg durch die Stadt.

Krumme Linie, am Campus vorbei, an den Gefilden und Klötzen und Säulen, langsame Schritte. Ein Kirschbaum steht im Hof. Bilder, die vorüberziehen, ohne Auge, vor dem sie ziehen, verwoben durch Bilder. Und die Zeit kreist. Und Blütenzweige hebt der Wind und läßt sie sinken.

Weiter, durch Neubauviertel aus Backstein, Bögen und Erker, der rote Backstein. Die Luft hängt feucht und schwer, tropft von den Dächern auf die immergleichen Bürgersteige. Wer kann gerade machen, was gekrümmt ist, wer kann wissen, was dem Menschen im Leben gut ist, wer kann sagen, was nach ihm sein wird?

Weiß ragt der Block des Krankenhauses, wo ich anhalte, auf die Uhr sehe, frierend. Der Treppenaufgang, das Geländer, die Türen öffnen sich. Ich bin umgekehrt, auf der Treppe, die Stufen hinab, zum Stadtrand, weiter, bis zum Ende der Häuser.

Postkarten
aus Finnland

Familie Jäger,

danke für das Gastrecht im Haus, ich sitze auf der Veranda, habe die toten Wespen unter dem Glasdach zusammengefegt; im Gerätehaus war ein altes Wespennest. Was ist das für ein Symbol unter dem Giebel? Die Fichten sind höher als auf den Fotos, die Küchenwand ist weiter verharzt. Ich komme langsam zur Ruhe, habe hier Kirschen stehen, durch den Baumvorhang schwappt der See, ich komme zur Ruhe, werde noch schwimmen, Gruß

*

Liebe Mutter,

ein Vorhang aus Birken und Fichten, aus Buchen und Schilfgras – dazwischen der See. Eine Fichtenreihe spiegelt sich, jetzt am Vormittag ist das Wasser gewellt, und die Bäume verlieren den Umriß. Jede Welle trägt ein Stück Fichte, Flecken vom Himmel leuchten. Das Schilf franst aus, Streifen im Wasser, grün – gezackt – denn Wind kommt auf, punktiert den See. Ich erhole mich gut. Habt ihr den Rollstuhl von der Kasse bekommen?

*

Hej,

die Wolken sind Klumpen, schieben sich vor, die Bäume fransen im Wasser aus. Das Schilfgras ist dicht, aus langen Schwingen gemacht. Eine Kiefer hält sich am Felsen. Die Birkenstämme zerfurcht, graue Scharten, Spalten, Harz kommt

durch, in Stücken bricht Rinde weg. Und die Wolken quellen wie Berge, zerfallen, während ich salzige Kekse esse, noch von der Fähre. Vorm Haus steht ein Kamin aus Backstein, der aus dem Bild fällt

*

Liebster Ordinarius,

Gruß aus dem Norden. Ein leise schwankender Steg. Das Land am Ende des Puruvesi ist nur ein Strich, bewaldet. Die eine Hälfte des Bildes ist Himmel, die andere Wasser. Ich lese hier kaum, nur etwas Marc Aurel, eine Stelle: »Heraklit, der über den Weltuntergang durch Feuer so viele naturphilosophische Betrachtungen angestellt hatte, starb an Wassersucht, den Körper in Rindsdünger gehüllt.« Langsam zieht eine Wolkenbank herauf, bringt Schatten, bis bald

*

Hallo Patenkind,

von dem Haus am See habe ich Dir erzählt. Wasserläufer essen Wasserflöhe, Schwalben essen Wasserläufer. Im Ufersaum wohnt eine Schlange. Eine Eidechse sitzt auf dem Steg – versteckt sich viel zu spät, springt zwischen die Planken, schwupp! Am Abend klappern Enten rundherum die Stege ab, äugen nach Brot – die wissen immer gleich Bescheid – rudern eilig heran – oder drehen ab. Und dann ist Nacht. Danke für die Fotos von der Einschulung

*

Mein Freund,

hier in der Nähe gibt es eine Felsmalerei, an einem steilen Seeufer, rot in den Stein geritzt. Es ist eine Jagdszene, und das Herz des Tieres ist ein Kreuz. Ich bin selten unterwegs, der nächste Ort ist Mikkeli, ziemlich geometrisch. Die Straßen sind gewölbt, dehnen sich, Wälder und Seen, ewige Wiederkehr sozusagen, hinter einer aufgegebenen Tankstelle, Stahlgerüst, verlorene Zapfsäulen, Staub, muß ich abbiegen, Gruß aus Finnland

*

Malerin,

was heißt hier Licht? Kiefernlicht? Birkenlicht? Schauernde Seen? Holzbänke unterm Holzdach, und ich habe Holz gehackt. Jetzt ist Abend, ich hole Wasser, mit schlenkernden roten Eimern, die Platten hinunter zum See. Auf nackten Sohlen, der Wald gegenüber verläuft und wird schwarz, aber was heißt das schon? Die Fichten sind in der Nacht hell, rauschen, und Wolken schichten sich wie Träume. Tod den Installationen! Dein

*

Liebster Ordinarius,

die Seele hat gewissermaßen eine Kugelform: Sofern sie sich weder nach irgendeiner Seite hinausdehnt, noch in sich selbst zurückzieht, weder verflüchtigt noch erliegt, wird sie leuchten; noch eine Stelle aus Marc Aurel. Jetzt sind die Wolken verstreut, eine Straße löst sich auf, Gebirge schichten sich empor und fließen, Berge und Täler und Nichts – was man so denkt, beim Zusehn und Nachsehn der Wolken, schleppend, bis dann

*

Ach,

das Ufer ist Wald, hingestreckt, in den Mulden Himmel. Und ein Finger fährt die Silhouette nach. Wind fällt auf den See, und ein Schauder geht über die Haut, das junge Gras am Ufersaum kräuselt sich leicht. So steht es mit mir. Eine Motorsäge frißt sich in die Stille. (Ich hacke mein Holz selber, jeden Abend, habe viel zuviel davon, es ist warm, den Ofen brauche ich kaum.) Wind fährt durch die Schwingen, die Haare des Schilfgrases, Gruß

*

Verehrter Herr,

Sie haben mich gewarnt, aber es ist nicht so schlimm. Nur im Schlafzimmer unter dem Dach sind jeden Abend Mücken, natürlich unsichtbar. Ich lasse die kleine Taschenlampe an, sitze mit Brille im Bett, starr – langsam werden sie aktiv, in der Schwärze. Ihr Summen ist schwer zu orten, manchmal erst kurz vor dem Stich zu hören. Wenn man zu früh schlägt, verschwinden sie – für eine Weile. Dann wieder das Sirren – wo? – rechts oder links? – irgendwann sirren die Ohren. Mein Rücken schmerzt, Gruß

*

Liebe Mutter,

ganz selten kommt ein Boot vorbei, der Finne winkt, ich winke auch, Schwalben streifen das Wasser. Es ist Abend, der Himmel fast weiß. Von hinten nach vorn: ein schwarzer Streifen Wald, in den Spitzen noch Licht; ein dunkler Streifen Wasser; ein Streifen gerötet; die Wellen des Bootes. Und ne-

ben mir Schilf. Hier am Steg ist der See noch blau – Spiegelachse – die Gräser laufen im Wasser weiter. Die Spitzen zittern etwas. Zu Hause alles in Ordnung?

*

Hej,

die Natur zuckt hier nicht mit der Wimper. Sympathisch sind mir die Wasserläufer – zipp – überall und – zipp – nirgends. Am Rande Europas – zipp – die Oberfläche bewegt sich kaum – wenn sie springen. Die Fichtenreihe auf den Felsen gegenüber ist mir nun ziemlich vertraut, auch die kleine Insel im See, die eigentlich nur ein Fels ist. Die Wolken färben sich ein, ich packe, die Natur macht weiter, morgen muß ich wieder weg. Dein

Prag

Reisebild

In der Mitte Europas liegt Böhmen, ein Viereck. Und darin liegt Prag, mit der Burg, die über der Stadt Wache hält. Aus dem Flugzeug, beim Landeanflug, sind ihre Mauern zu sehen, man kann die einzelnen Höfe erkennen. Dann stand ich am Fluß, am Vormittag, und sah hinauf, das Licht war hell und

fiel herab, daß ich die Augen schloß. *Die Burg ist der Anfang. Denn dort lebte Wenzel, fromm, gütig und weise. Doch sein Bruder ergrimmte und senkte den Blick. Sein Bruder erhob sich und schlug ihn tot. Das ist der Anfang. Dann wurde die Stadt gebaut. Sie war aus Stein und Kalk gemacht und so reich, daß die Polen bald aufbrachen, um sie zu plündern. Doch der neue König konnte sie besiegen und über 100 Karren Beute aus dem Feldzug nach Hause führen. Das gab böses Blut, ein neues Jahrhundert ging auf, fahles Licht schien. Finstere Adelskonflikte beherrschten Böhmen, und erst Ottokar I. konnte seinen Stempel in die Stadt drücken wie in Wachs. Die Zeit war kühl.*

Die Sonne hat die Steine gewärmt, die Moldau zieht im Licht, gelassen. Ein leichter Wind kommt auf, ein Schauder geht über den Fluß, ein Luftzug erfaßt die Leute. An beiden Seiten flanieren sie und schlendern; ich stehe mitten im Strom der Reisenden, schließe noch einmal die Augen – dann ist der Fluß wieder glatt, zieht seinen Bogen um die Stadt, weit ausgespannt, gleitet und treibt, alt und jung, Wasser strömt,

wo es immer floß. *Wenzel II. saß an den Auen und schrieb Lieder, im Zenit seiner Herrschaft. Böhmen war reich, die Menschen strebten*

nach Gütern und Gold. Böhmen wurde zur Ader gelassen, Heinrich VII. raffte Gold. Am Ende war er völlig erblindet, ritt in die Schlacht und fand am 26. August 1346 einen heroischen Tod. Karl IV. dagegen vernachlässigte Böhmen nie. Zu seiner Zeit waren die Straßen 18 bis 27 Meter breit, die Ausfallstraße gar über 60 Meter. Und Peter Parler spannte einen mächtigen Bogen über die Moldau. Gründungsfieber! Aber dann der neue Wenzel – lethargisch, jähzornig und trunksüchtig! Er wirft Nepomuk von der Brücke und wird dann selber in die Knie gezwungen. Jetzt macht sich Sigismund bereit. Jetzt schreitet Sigismund aus, er stürmt.

Langsam löse ich mich vom Fluß, nehme den Weg in die Altstadt, mit dem Rücken zur Burg, durch die Gassen, vorsichtig: erst links abzweigen, die Gassen werden schmaler, dann rechts abzweigen, zum Altstädter Ring, der sich öffnet. Es heißt: Auf den Stufen am Altstädter Ring sitzt die Jugend der Welt. Sie macht Pause. Sie schreibt Postkarten. Sie trinkt aus Plastikflaschen Mineralwasser. Zwei Schwedinnen zum Beispiel. Jetzt ist Sommer, vor den Stufen liegen die Rucksäcke, hochgeschnürt. Zwei Schwedinnen dösen. Zwei Schwedinnen lachen. *It's my life,* kommt aus den Lautsprechern, das Lied eines singenden Zahnarztes, weht über den Platz, wo die Leute planlos treiben. Die Leute kaufen Light-Getränke. Die Leute kaufen Stadtpläne. Prag 1991, herabgefahren ist der Geist, der nicht gefürchtet wird. Auf dem Altstädter Ring hat er Straßencafés gegründet, mit Schirmen,

leuchtend weiß, auf dem Grund der Geschichte. *Sigismund lachte. Sigismund wurde verschluckt. Man nimmt die bösen Schöffen, wirft sie aus dem Fenster, man erschlägt sie mit Knüppeln, man krallt sich fest. Die Revolte endet in der Judenstadt. Denen wird das Wasser abgegraben! Jetzt macht sich Ferdinand bereit. Am anderen Ufer der*

Moldau stehen die Bürger in Waffen. Wir sind in der Zeit der Habsburger, der vielköpfigen Habsburger – ein dunkler Traum – und Wasser strömt –

wo es immer floß – die Zeit rauscht, an den Pfeilern der Brücke gurgelt sie und treibt und zieht blinkend davon. Und Rudolfs Blick wird starr, er träumt und irrt – verliert sich in der Burg, seiner inneren Burg. Die Nacht kommt, in der ein fahler Stern aufgeht, den jeder sehen kann. 1642 verheert ein schwedisches Aufgebot die Länder der böhmischen Krone. 1645 tragen die Schweden den Sieg davon. 1648 sind die Schweden wieder in Prag, erobern die Kleinseite, doch die Städte jenseits der Moldau halten stand. Man schließt Frieden, erschöpft, die Stadt ist zerstört. So baut man neu, barock, in hellen Farben.

Heute werden sie gestrichen, neu gestrichen, die Palais, die den Altstädter Ring umgeben, in ihrer sonderbaren Pracht, die aus fremder Zeit herüberschaut. Hinter den Gerüsten sieht man ein neues Gelb, ein zartes Rosa. Und herabgefahren ist der Geist, der nicht gefürchtet wird, mit seinen Straßencafés. Auf daß die Menschen Campari-Orange trinken. In einem dieser Cafés sitzt ein alter General, aus irgendeinem verflossenen Jahrzehnt, der trägt eine grüne zerschlissene Jacke, der trinkt Bacardi-Cola und summt, frei und

bedeutungslos, denn jetzt ist Frieden, und auf die Sonnenuhr am Altstädter Ring scheint die Sonne. Die Stufen am Johannes-Hus-Denkmal sind warm vom Licht. Ganz oben, auf dem Kopf des Denkmals, sitzt eine Taube, ziemlich scheckig, und sonnt sich. Und auf den Stufen sitzt die Leichtigkeit,

ahnungslos und wahrlich rasend blond. Die Geschichte macht eine Pause, Sommer 1991, ich bin in Prag gelandet. Und beginne noch einmal von vorn, an der Brücke, der Karlsbrücke, wo man beginnen muß, über dem Fluß. Denn alle Fremden, die nach Prag gekommen sind, haben diese Brücke überquert. Heute, da die Stadt gefüllt ist, wird man hinübergezogen, geschleust. Unter und zwischen den Brückenfiguren, heiliger Wenzel, heilige Anna, sind Stände aufgebaut, mit Haarspangen, Marionetten, mit Heiligen und Zigaretten, man zahlt in drei Währungen, die Kurse fluktuieren. Heiliger Philipp, heiliger Joseph! Sie thronen über dem Fluß – und balancieren, spielen, kämpfen auf hohen Sockeln. Stein, der sich anfleht, der sich umfaßt, wie eine Spirale emporschraubt, flatternder Stein. Hoch über

dem Wasser. Eine blinde Nonne hat eine Vision, sie ist erstarrt – Stein, der schon nicht mehr ganz da ist. Wenn man weitergeht, kommt man zum heiligen Iwan, der nicht König werden wollte, sondern Eremit. Das Große bleibt groß nicht und klein nicht das Kleine, die Nacht hat zwölf Stunden, dann kommt schon der Tag. Und immer zieht die Moldau über die Steine, sie rauscht in den Schleusen. Über die Brücke gelehnt, seh ich im Wasser Wolkentürme, weiß und ohne Laut. Es wandern am Grunde die Steine, und Schleusen rauschen in der Ferne – man wird weitergeführt, über den Fluß hinweg, das Rauschen im Ohr, das Gerede der Völker und Sprachen – dazwischen ein lachender

Gitarrenspieler, das ist die Musik der Stadt. Wer den Kopf zurücklegt, sieht den Himmel, die Farben der Dächer – sie spielen, das Grün der Barocktürme leuchtet. Konturen fallen ein: Ach, schlanker Turm! Oh, weite Kuppel! Eine Drehung

nach rechts: Auf der Moldau spielen die Kähne, kreuzen die Ausflugsdampfer, wenden, zwischen den Schleusen, der Fluß ist zu eng. Die Musik der Stadt, am Abend, wenn zuerst kühle Luft

in die Straßen weht, ist eine Flöte zu hören, irgendwo aus einem Torbogen. Und wenn es dunkel ist, kommen die Amerikaner, die ziehn auf die Brücke, das Licht ist jetzt gelb, denn die Stadt ist beleuchtet, die Kirchen, die Tore, die Burg. Der Gitarrenspieler hat einen Halbkreis um sich geschart, manche sitzen, manche stehen, er läßt die Töne springen, die hängen in der Luft – und kippen, taumeln und fallen – klagend, und Wein wird getrunken im Halbkreis. Der Sänger lacht, ein neues Lied, und Lichtflecken treiben gelb auf der Moldau, während ich auf der Brücke stehe, das Rauschen an den Pfeilern höre, strömendes Licht – während ich gehe, schwächer höre – und dann schon liege, in einem Bett, einem Viereck, in einer Ecke Prags, der Mitte Europas. Und noch einmal klagt die Flöte, durch die Nacht, die mich umfangen, und dann ist Schlaf.

Am nächsten Morgen nehme ich den Weg zur Burg hinauf, gleich früh, es ist noch kühl. Man durchquert die stillen Höfe – dahinter öffnet sich ein Graben – man muß über einen Wall laufen, gelangt in den Königsgarten und seine Zeit: Fremde Pflanzen gehen diesseits der Alpen zum ersten Mal auf. Im Morgenlicht wächst hier die Tulpe. Und am Ende des Gartens liegt das Lustschloß der Königin Anna, schöner als alles. Italiener haben es gebaut, die Renaissance kommt über das große Gebirge, mit ihren Rundbögen, den schlanken Säulen, o Anna, mit Reliefs, die wie Finger sind, Fingerspitzen, auf einen Rücken gelegt. Ein Arkadengang öffnet sich, Süden

muß sein – und kühn ist das Dach, wie ein Boot geschwungen. Ein Boot mit dem Kiel nach oben. Und wird von Wellen gehoben, geht auf und nieder, strömender Atem – zwischen den Zeiten. Denn die Geschichte kam zurück,

der Garten wurde eingeschnürt, der singende Brunnen verstummte, verschlossen lag der Garten. Er gehörte dem Vorsitzenden der Kommunistischen Partei, der letzte hieß Husák, wie manche vielleicht noch wissen. Eine Wache war davorgelagert, mit bloßem Gewehr, und trieb die Suchenden fort. Heute am frühen, am tauenden Morgen gehen Japaner hindurch und betrachten die Blüten. Es schlendert und blinzelt ein Mönch und beugt sich hinab, schnuppert an einer gelben Blüte – und auch ich gehe vorsichtig durch den Garten, über den Wall, den Graben, durch die weiten Höfe und

wieder hinab in die Stadt. Einmal haben die Jesuiten Prag beherrscht. Sie rissen ein Rathaus, ein Pfarrhaus, zwei Kirchen, eine Gasse, sieben Bürgerhäuser und einen Friedhof ab. Dann bebauten sie das Areal. In der Kirche des heiligen Niklas, ganz vorne, steht der heilige Cyrill: vier Meter hoch, massig und teigig der Leib. Mit seinem Bischofsstab drückt er einem Ketzer, der vor ihm auf dem Boden liegt, die Kehle zu, das ist die Wahrheit.

Als ich den Kopf zurücklegte, sah ich die Schwerelosigkeit des Steins, oben am Himmel, wo Steinbögen ragen, die Leere kreuzen. Fließender Stein! Ja, er rinnt in die Giebel, und Steinbögen rahmen die Fenster, umkurven Emporen, fallen. Am Horizont brechen sich Steinwogen. Ihr Bögen, konkav, und ihr Kurven, konvex! Ihr eilt und findet, ihr trennt euch, zieht weiter. In den Stein schmiegt sich Stein. Die Worte dazu

sind: Baluster und Baldachin. Aus Stein wird Farbe, werden Säulen und Wogen, Stein, der gemalt ist. So wie die Wolken gemalt sind, zu denen die Treppen führen. Und weiter – hinter den Treppen öffnet sich ein neuer Bogen, ein Tor. Und dahinter findet man eine Kapelle, und darin ein Fenster, schon ziemlich klein. Und wer den Kopf jetzt zurücklegt, ganz – sieht das Blau hinter dem Fenster, den Schein. So malt man Sphären, so wächst aus dem Schweren das Leichte, während wir kommen

und gehen, in der Kirche St. Niklas zu Prag. Denn auch die Jesuiten, die Maskenträger, teigig, mit den schweren Stäben, sie wollten enthoben sein, aufgehoben, entkernt, und darum sind Engel an den Himmel der Kirche gemalt, steigende, sinkende Engel, ironische Engel. Und wer am Eingang zurückblickt, wie ich jetzt, der sieht, daß sie lächeln, dort oben – vielleicht über die Bischöfe, tief unter ihnen, und über die Kirchenväter, die Tugenden und über die Seligkeiten, acht an der Zahl, und bestimmt über den heiligen Niklas, der ganz aus Gold ist – Spiegel sind hinter ihm angebracht, die seine Glorie erhöhen.

Die Engel ziehen davon, die Engel verschwinden in Wolken, die Wolken ballen sich und treiben hinter ihnen zusammen. Ich kam aus der Kirche, Sonnenlicht blendete. Vor der Kirche steht der einzige Crêpe-Stand Prags. Klein, mittel, groß? Schokolade, Marmelade, Zimt? Die Verkäuferin kämpft mit Wespen, Getränke sprudeln. Vor der Kirche sind Tische aufgeschlagen – ziehen sich hin zur Karlsbrücke, auch Wechselstuben, Uniformteile werden verkauft. Die Zeichen wechseln, die Gewänder und Kulissen, und die alten Figuren treiben ihr Spiel. Und die künftigen Dinge entsprechen denen, die

lange gewesen sind. Wenzel war fromm, gütig und weise. Doch sein Bruder ergrimmte und senkte den Blick. Wie auch meine Wirtin sagt: Es gibt solche Mieter und *solche*. Und das alles ist lange aufgeschrieben. Aber da ist die Zeit zwischen den Zeiten –

die Stille des Rades, die Ruhe der Bäume am Mittag, das sprudelnde Glück, das wir trinken. Sommer 1991. Die Geschichte macht eine Pause, und die Stadt atmet, leicht und kaum spürbar. Nur wenige haben es aufgeschrieben, das Glück zwischen den Zeiten, *levitas triumphans,* während die Moldau strömt und das Sonnenlicht sich im Wasser spiegelt, dem weiten Bogen des Flusses folgt – und hinabzieht.

Wieder am Altstädter Ring. Der Wind flattert, fällt auf den Platz, das Licht geht aus. Der Himmel, der eben noch blau war und weiß, ist verschwunden, schwarz. Der Wind zerrt, Tropfen fallen, der Regen prasselt auf Steine, spritzt hoch. Auf dem Platz löst sich die Menge, und Scharen laufen – in alle Richtungen – suchen – Torbögen, Gewölbe, Eingänge. Nur die Händler sind noch da und ziehen über ihre Stände Plastikfolien, in Böen flatternd – während der Sturm die Sonnenschirme der Cafés greift und kippt und Gläser über Tische rollen, sich kreisend dem Rand nähern – dann fallen, zerspringen, während der Regen die Tassen füllt, die noch stehen, er schäumt sie auf. Grollen und Krachen des Himmels. Wie eine Wand steht der Regen und stürzt –

aber das ist ein Sommergewitter, so flüchtig wie manchmal die Erinnerung, das Grollen, das Beben der Steine, Erinnerung – denn bald tropft es nur noch, und der Himmel reißt auf. Schon ist ein Streifen Blau zu sehen, die Leute strecken

die Hände heraus. Die ersten gehen schon weiter, vorbei an den Kellnern, die ihre Tische trocknen, den Händlern, die ihre Folien abziehen und schütteln, Stände ordnen: Schön sind der Freiheit Nippfiguren. Und die Fremdenführer

sammeln ihre Gruppen, sie recken ihre Stöcke und Papptafeln und Schirme, eingeklappt, in die Luft. Der Fremdenführer ist Mitte sechzig, schmal, hat eine braune Aktentasche aus Kunstleder unter dem Arm. *Auf ein sogenanntes Hilfsersuchen hin rollten Panzer des Warschauer Paktes über die Grenzen.* Grollen war in der Luft, in den Straßen, das Pflaster vibrierte. Fünftausend Erz und der Schaft ein eherner Baum. Sie aber standen ohne Rüstung und Waffen und hatten nur Steine und gingen dem stählernen Riesen entgegen. Im Winter weht manchmal ein Luftschwall, nur kurz, der eine Ahnung des Frühlings bringt. Und manche sagen noch heute, Alexander Dubček habe damals wie ein Engel geleuchtet. Mädchen mit Sommersprossen, mitten im Winter – die Kälte kam wieder, und Donner lief durch die Stadt, ein Riß. Durch seine kleine Brille

lächelt der Fremdenführer, denn der Himmel ist freigewischt, und seine Gruppe kommt wieder zusammen, Prag zu Fuß an einem Tag, und alle sind da: die Bustouristen und Yuppies, die Phantasielosen, die Camper und Kafka-Verehrer, die Hippies, die Sachsen, die Konterrevolutionäre, der Busfahrer und die Kaffeeschwestern. Schöne Versöhnung!

Sagen die Plakatwände in Prag. Sie sind über die Stadt verteilt, am Faden aufgereiht, überall – bis in die Vorstädte, ich bin herumgefahren, wo die Straßenbahn sich schlängelt, am Wendekreisel, wo sie dreht – und auf dem Weg zurück: *United colors of Benetton.* Auf diesen Plakaten sieht man einen Wolf,

der ein Schaf küßt. Und auf einem anderen küßt ein junger Priester eine junge Nonne. Der Wolf ist weiß und das Schaf ist schwarz, der Priester ist schwarz, die Nonne weiß. Im Friedensreich werden die Wölfe bei den Lämmern wohnen – und gelöst sind die Fesseln der Zunge, und alle Zungen sind versammelt – in Prag, die Italiener, die immer schon da waren, die Amerikaner, die wie Quetschorgeln klingen, die Schweden, mit ihren hohen, seltsamen Lauten. Und Wölfe gehen Hand in Hand mit Schafen, ich habe es gesehen – im Vorbeifahren –

Sommer 1991. Gelobt seist du, italienischer Kleiderhersteller, für deine Plakate! Sie sagen: Die Geschichte macht eine Pause. Auf den Stufen vorm Altstädter Rathaus sitzt eine junge Frau aus Böhmen, trinkt sprudelndes Wasser und sonnt sich. 7. August 1991, das Salz der Schöpfung leuchtet. Schön sind die Perlen auf der Stirn und schön die Glieder, geformt wie Steine von Wassern des Euphrat. Deutsche Leser! Ich spreche nicht von der *wahren Freiheit*, ich spreche von einer wundersam kühlen Frau – die aufsteht, ihre Haare aus der Stirn streicht, auf den Platz tritt, kastanienbraun, jetzt, mit hohem Blick, während die Menschen sprudeln, während die Reisenden wandeln, denn die Welt ist nah und Zeit genug. Ich spreche von Zungen, die atmen, schmecken und saugen – unendlicher Durst – weil die Zunge unseren Tod in unser Fleisch verwandelt. Und ich spreche von der Sonne, die einzieht in den Leib, das Blut schmelzen läßt in Wellen und zittern. Und unsere Knochen, ja die germanischen Knochen auch, sie fluten und sind gelöst. Und dann gehe ich

in ein Orgelkonzert, weil ich wohl etwas Ruhe nötig habe – lehne den Kopf zurück und sehe die Engel in ihrem spru-

delnden Blau, dort oben, wo die Heiligen sinken und steigen, Gewande sich spreiten und das Leben wolkenlos ist, so daß die Leute in den Kirchenbänken leichter werden und nur noch zur Hälfte wirklich sind. So wie ich, der nach den ersten Klängen schon schlief.

Am Nachmittag kam ich durch die Altstadt zum Wenzelsplatz und hielt vor einem seltsamen Haus. *Grand Hotel Europa* steht auf der Fassade, in goldenen Buchstaben, hoch und schmal, Jugendstil. Ein Hotel nach dem Krieg, ein Hotel vor dem Krieg. Für das Europa der Wandelbaren und Flüchtigen, Männer in Anzügen, die hier ein- und ausgingen. Ein Gästebuch in alter Tinte spricht davon. Das Beige der Fassaden ist mild, und das Grün der Ornamente, der Pflanzen des letzten Jahrhunderts, diese verschlungenen Träume – wie zerbrechlich alles ist, leicht zu zerschlagen. Und dann sind die Fassaden von einigen Taubeneiern geziert, in Blau! *Ein Spiel,* haben die Tribune des neuen Jahrhunderts gesagt, *mehr nicht.* Das Innere war damals ein Taubenschlag. Noch sind die alten, schweren Tische, die geschwungenen Stühle in dunklem Braun erhalten, es schwebt ein großer, alles umfassender Leuchter in der Mitte. Man sitzt hier und denkt an die Männer, die dort saßen und lebten und sprachen, wurzellos, Bündel aus Gedanken, Taumelkraut –

wandernde Bündel, die der Märzsturm über dürre Ziegenweiden führte. Ein Hotel vor dem Krieg, denn es wurde verschlossen, versperrt und verstummte, *Grand Hotel Europa.* Kühl ist das Foyer, kühl war das Glück, der Atem, den sie hier schöpften, schattenhaft kühl. Die Erinnerung daran ist dunkelbraun und riecht nach altem Holz – und draußen strömt der Wenzelsplatz, steigend und fallend, aber eigentlich ist der

Platz weit entfernt – wir sind ein stiller Tag im Sturm, Tag, der ohne Gestern scheint. Verwundert sieht man sich um, im Gehen, denn selbst die feinen, schon ein wenig gelben Blätter an den Straßenbäumen sind unbewegt, es ist schon August, atmen nur, stehen im Licht – ein stiller Tag.

Ein Wirbel im Sturm ist der jüdische Friedhof in Prag, ein starrer Wirbel. Gedrängt und gekippt stehen Steine, gebeugt. Die Zacken und Spitzen der Platten, das ist die Gischt, die ragende, starre Gischt. Doch in der Tiefe kann das Meer nicht still sein, es treiben und gurgeln die Fluten, die Toten liegen in Schichten, Steine ziehen und sinken hinab. Als ich hereinkam, an diesem Tag, als die Sonne schon tiefer stand, lag der Friedhof still, nach einer Reisegruppe, vor einer Reisegruppe. Ich stand im langen Schatten der Bäume, sah auf den Steinen Zeichen: die Trauben. *In der Wüste zogen die Kundschafter aus, in das Versprochene Land, kamen zurück und brachten die Trauben. Und trugen sie zu zweien auf einer Stange.* Auf anderen Steinen sind Hände zu sehen. Der Friedhof still hielt, nicht zerspannt in das viele, was kommt und geht, sondern ausgespannt nach dem, was ohne Zeit sein muß. Sonnenstaub stand in der Luft, als ich ging – durch das Tor, durch die Postkartenständer, die Eisverkäufer, die Reisegruppen –

durch den Abend. Am Grunde der Moldau wandern die Steine, es liegen drei Kaiser begraben in Prag. Das Große bleibt groß nicht und klein nicht das Kleine, die Nacht hat zwölf Stunden, dann kommt schon der Tag. Der dritte und letzte Tag in Prag. Früher Morgen, der Himmel ist klargewischt. Einmal stand die höchste Stalin-Statue der Welt davor, schwarz, ein Koloß. Wohlan, sprach der Fürst der Welt, laßt uns eine Statue bauen, deren Spitze bis an den Himmel rei-

che, daß wir uns einen Namen machen, denn wir werden sonst zerstreut in alle Winde. Aber die Zeit fuhr hernieder und fiel auf den Turm, auf alles, was die Menschen sich vorgenommen hatten und machen wollten. Der Himmel ist klar, während ich über die Brücke gehe, im Gewirr der Völker und Sprachen, wo keiner den andern versteht und alle doch wissen: Der Himmel ist freigewischt, die Stadt atmet, es ist eine Zeit zwischen den Fürsten, wir schmecken sie, jetzt. Zum Frühstück nehme ich, gleich hinter der Brücke links, einen Crêpe mit Marmelade.

Zwei Mönche kommen vorbei. Sie sind wieder in Prag, Benediktiner und Franziskaner, Prämonstratenser auch, die Mönche haben die alten Kirchen wieder, ihre verschieden gefärbten Kutten bewegen sich in der Stadt – bleiben stehen, blicken erstaunt, ja ungläubig – daß sie hier sind, wieder da, zurückgeholt aus der Zeit, aus den Tiefen der Zeit – als sei das schon die Wiederbringung, die geschrieben steht, und also vereint, was durch die Zeiten geschieden war. In leuchtenden Farben werden die Häuser gestrichen, Renaissance, auf den Gerüsten turnen die Maler in großer Höhe, hantieren und werken. Unten stehen die Mönche und legen die Köpfe zurück, ein leichter Schwindel fliegt sie an. Heute ist Frieden und verflogen der Zorn, die Moldau hat die Steine gewaschen. Der Zorn ist verraucht, die Menschen haben den Zorn die Berge hinabgerollt, donnernd und bebend zuerst, dann leiser werdend, in den Tälern verhallend, aufgelöst zuletzt, ein Wölkchen. Zuletzt zog die Rote Armee ab, ein fernes Wölkchen, im Osten. Jetzt am Morgen

glänzen die Steine am Altstädter Ring, wo ich wieder angekommen bin, sie sind abgesprüht, gewaschen, glänzen

feucht. Auf die Sonnenuhr scheint die Sonne, während die Mönche nun, noch immer stumm, in einer Gasse verschwinden. Während die Jugend der Welt lachend und dösend auf den Stufen des Hus-Denkmals sitzt, dieser schweren Bronze, dieser Masse, hingegossen, schwarz. *Das Hus-Denkmal steht für die Selbstbestimmung der Tschechen, es verkörpert Verfolgung und Vernichtung, aber auch die nationale Wiedergeburt.* Auf den Stufen sitzt die Leichtigkeit, die keine Ahnung hat und Trauben ißt, und mit ihr wird dieses Denkmal luftig, gesprenkelt vom Leben, vom Atem der Jungen, so daß Verfolgung und Vernichtung vergessen sind, und das ist Gnade – Berührung durch die Gegenwart, den Augenblick, so daß die Bronze zu flimmern beginnt – aber ich muß aufstehen, an dieser Stelle,

und gehen – letzter Gang – noch einmal und wieder zur Brücke, unter dem Brückenturm hindurch, unter den Wappen, den zwölf Wappen Prags. Das Rad des Jahrhunderts ist ausgerollt, die Stadt ist erleichtert. Ich gehe über die Moldau, am Grund der Moldau wandern die Steine, auf dem Fluß kreuzen die Dampfer, 180 oder 240 Minuten, auf Deck gestikulieren die Fremdenführer, sprechen englisch, spanisch, deutsch, die Leute schauen links und schauen rechts, und wieder links. Am anderen Ende der Brücke wurde der Angriff der Schweden gestoppt. *Die schwedische Streitmacht war erneut nach Böhmen vorgestoßen. Im Juli 1648 sind sie wieder in der Stadt, erobern die Kleinseite, doch die Städte jenseits der Moldau halten stand. Sie kamen nicht über die Brücke* – hier, am Crêpe-Stand, wurden sie gestoppt. Die Schweden sind abgezogen, die Deutschen, die Russen. Süß sind der Freiheit Kaltgetränke, 1991, und dazu nehme ich einen Crêpe, diesmal mit Zimt, für den Aufstieg zur Burg.

Die Sonne hat die Treppen der Kleinseite gewärmt, die Wege hinauf zur Burg, das Kalte bleibt kalt nicht, und in den Gassen unter der Burg brodeln die Leute. Böhmische Heuhaufen liegen vor den Toren Prags auf den Feldern, dort, wohin die Moldau fließt. Denn sie liegt nun schon zurück, wenn ich mich umdrehe, die Moldau, von der Sonne gesprenkelt. So fließt die Zeit durch die Stadt, aus dem, was nicht mehr ist, in das, was noch nicht ist, leuchtend. Und weiter, hinauf zur Burg, durch die Gassen, wo Wölfe und Schafe sich küssen, mit Sprudel im Kopf, mit der Musik, *it's my life.* Dann bin ich oben –

und stehe, die Arme auf die Mauern der Burg gestützt, in Prag, der Mitte Europas, einem Viereck, über der Stadt. Keiner weiß, warum sie golden heißt. Der Atem geht leicht, und neben mir steht eine Italienerin, vielleicht auch eine Spanierin, mit wunder-schlanken Fesseln und einem zarten Hals. Ihre Arme liegen auf den alten Mauern, den Steinen der Burg. Unten zieht die Moldau ihren Bogen um die Stadt, es geht kein Wind, und von oben sieht es aus wie ein Stillstand, wie ein Ring, um die Stadt gelegt – wie ein Schutz vor der Zeit, die wiederkommt, aber nicht heute, an diesem Tag.

So dachte ich und mußte etwas lächeln; die Italienerin schaute still.